美猫系男子拾いました

29歳おひとりさま、もう一度恋をはじめます

綾木シュン

illustration yuiNa

Ruhuna

Contents

Biography
咲村《さきむら》冬和《とわ》(29)
“世話好き”な会社員。
恋から遠ざかって
三年目
水月《みなづき》 航《こう》(20)
ある晩
冬和に拾われる。
素性不明だが……

木戸悠馬《きどゆうま》(33)
冬和の元カレ。
三年前の恋の相手
門脇由衣《かどわきゆい》(20)
航の幼馴染。
突然現れた冬和を
敵対視している
蓮見理香子《はすみりかこ》(29)
冬和の友人。
頼れる存在で相談相手

美猫系男子拾いました

29歳おひとりさま、もう一度恋をはじめます

Bineko Kei Danshi Hiroimashita
29sai Ohitorisama,
Moichido Koi o Hajimemasu

プロローグ

「力、抜いて」

唇を噛《か》みしめ、首だけを横に振る。でも、段々と速まる指の動きに、両足に込めた力が抜けていってしまう。

「そう、それでいい」

「あっ……んっ」

「ほら、見つけた」

「ダメ……っ！」

言うのと同時に、するりと冷たい指が滑り込んできた。既に溢《あふ》れそうなほどに潤っている、私の蜜壺《みつつぼ》に。

「あ、あぁぁ……」

もう無理だ。抗《あらが》おうにも抗えない。必死に閉じようとしていた足も自然に開いてしまう。彼の長くて美しい指を、自ら誘い込むように。

「あったかい。いや、熱いくらい」

自分でもわかる。最初はひんやりと感じた指の温度が、今はもう感じなくなっている。自分の熱で温めたのかと思うと恥ずかしい。そんなにも自分の身体《からだ》が熱くなっているのかと思うと。

それほど私は誰かを欲していたのだろうか。今の生活に不自由も不満もないと思いながらも、実はこうして誰かに触れてほしいと願っていたのだろうか。

そう思ってしまうくらい、今の私は欲情している。

「あっ、ぁぁ……」

繰り返される指の抜き差し。そのリズムに踊らされるように勝手に腰が動き、長く忘れていた快感に全身を支配されていく。

たった一本の指で。

「気持ちいい？」

そんなこと聞かれても困る。

(だって……)

猫を拾ったようなものだと思っていた。

あの凍えそうな寒い夜に、放っておけなくて。

ただそれだけのはずだった。

なのに——

「イッていいよ」

(どうしてこんなことになってるの……？)

1　出会い

その日の朝も、いつもと変わらない穏やかな空気に包まれていた。

「るる、おはよう」

目を覚ましてまず声を掛けるのは、ベッドサイドに飾られた猫の写真。実家で飼っている茶トラのるるは、今年で十四歳になる。よく食べてよく遊ぶ、まだまだ元気な男の子だ。

ベッドから出てリビングへ向かう。間仕切りの引き戸は開けたままなので、寝室とリビングは繋がっている。

「君たちもおはよう」

そこで声を掛けたのは、窓辺に並ぶ植物たち。ハート形の葉が可愛《かわい》いアジアンタム、星型の葉を乗せて蔓《つる》を伸ばすアイビー、そして幾つかのハーブ。カーテンが開くのを待ち焦がれていたかのように、緑の葉を輝かせている。

「今日もいいお天気だね」

当然ながら返事はない。そんな一方通行の挨拶で始まる朝が、いつの間にか日常となっている。

（そういえば、この部屋で最後に誰かと朝を迎えたのっていつだったろう？）

身内や友人以外を指すその『誰か』が誰であったかはさすがに記憶している。けど、その人とここで過ごした『最後』がいつだったかは、もう定かではない。

(あれは確か――)

誰もが知るハリウッド映画の人気シリーズ最新作が公開された年。二人ともそのSF映画の大ファンで、公開と同時に一緒に観《み》に行った。そしてその数か月後の冬、その『誰か』に、クリスマスのイルミネーションで華やぐ街のレストランに呼び出された。そして私は、小さな期待をもってその店へ向かった。それまでにその人と重ねた時間や出来事を思えば、当然の期待だったと思う。その僅か三日前にも、この部屋で一緒に朝を迎えたのだから。

でも、私が抱いた期待は見事なまでに砕け散った。スノードームに舞う雪のごとく、粉々に。

そんな自分史上最悪であり、あの映画が公開された年といえば――

「……え、もう三年前!?」

指折り数え、思わず声が出てしまった。

(そんなに経《た》つんだな……)

当然その間に私も三つ年を取り、三十路《みそじ》一歩手前になっている。

返事をしない植物たちに視線を戻し、「まいっか」と呟《つぶや》いた。だって、横浜にあるこの少々古めではあるけど住み心地のいい1LDKマンションでの暮らしには、何の不自由も不満もない。仕事だって充実している。勤続七年目、一人暮らし十一年目のベテランは、大切なものに囲まれ、自由かつ丁寧な暮らしを満喫中だ。何の問題もない。ただ少し、時の流れの速さに驚いただけだ。

テレビをつけると、桜木町《さくらぎちょう》駅近くで起きたコンビニ強盗のニュースが流れていた。犯人は若い長身の男で、逃走中だという。桜木町駅は、これから出勤する会社に近い。今の生活に何の不満もないけれど、こういうニュースを聞くと、一人暮らしの身としてはやはり不安になる。

（早く捕まりますように）

祈りつつ、出勤支度を急いだ。

「冬和《とわ》先輩、ランチ行きましょ」

午前中の仕事を終えると、隣に座る後輩の白井《しらい》さんがいつものように声を掛けてきた。

「今日はどこ行く？」

「そうですねぇ……」

「『グリルうちだ』にしない？　あそこのシーフードドリアが食べたい」

そう提案してきたのは、同期の波岡真理恵《なみおかまりえ》だ。

「なら私はクリームコロッケ定食にします！」

「じゃあ、決まりだね」

愛用のボールペンを定位置のペンケースに差しながら言うと、二人は同時に頷《うなず》いた。

会社から徒歩五分の店へ向かう。海から吹く風に乱される、レイヤーボブの髪を押さえながら。

私が勤めている会社は、みなとみらい地区にある通関業者。税関への申請等、輸出入に関する様々な手続きを依頼された企業に代わって行う、言わば代行業者だ。仕事は地味だけど、貿易業界の縁の下の力持ちとも言える仕事は、なかなか複雑にして面白い。何より、目の前に海が広がるこのロケーションの中で働く毎日は、とても充実しているし楽しい。

「また新しいホテルが建つんだね」

途中にある建設現場前を通ると、真理恵が言った。ここ数年、この地区には次々と大きなホテルが建設されている。

「今度はどこのホテルでしょう？」

白井さんが上を見上げたのと逆に、私は地面の方に目が行った。歩道の隅に座り込んでいる人が見えたのだ。

（どうしたんだろう？）

建設現場を囲むフェンスにもたれて俯《うつむ》き、歩道に足を投げ出すような格好で地面に座っている。見たところ、学生っぽい若い男性だ。

「あんな所に座り込んで、具合でも悪いのかな？」

「酔っ払いじゃない？」

「ですね」

特に気に留める様子もなく言った真理恵に白井さんも同意した。確かにたまに見かける光景ではあるし、そう言われればそうとしか見えない。

「実は密航者だったりして」

「え？」

納得しかけた時に思わぬことを言われ、ドキッとした。

「なくはないですよね……」

この先にある港のコンテナターミナルでは、稀《まれ》に密航者が見つかるという噂《うわさ》を聞いたことがある。

（でも密航者って感じじゃ――）

「そういえば今朝、コンビニ強盗のニュース見ました！」

（あ……）

そのニュースなら私も目にしていた。

「確か、若い長身の男が逃走中って……」

「行こ！　関わらない方がいいよ」

「ですね。冬和先輩も急ぎましょ！」

「う、うん」

足早に通り過ぎる真理恵のあとを追うように、白井さんと一緒についていく。

（……そんな所で寝てたら風邪ひくよ）

歩道に投げ出された足の白いスニーカーを横目で見ながら、届くはずもない声を掛けて立ち去った。


ランチタイムを終え、午後の業務も順調に進んでいたかと思われたけれど――

「咲村《さきむら》さん、Mライン207、ETA二日遅延予定だそうです！」

定時まで三十分を切った頃、向かいに座る後輩男子から、船舶の入港予定日変更の知らせを受けた。それに伴い幾つかの処理が必要になる。正直、またか……という思いに駆られるも、愚痴を言っている暇はない。

「抜港の可能性は？」

「既に神戸は抜港決定。その上で横浜入港が二日遅れになるとのことです」

「わかった。ありがとう」

遅延を取り戻すため入港する予定だった港を抜くことがあり、こうなると更に面倒なことになるが、幸い横浜港は国内最大級の港ということもあり、殆《ほとん》ど抜かれることはない。

（とはいえ――）

「残業になりますよね……」

代弁してくれた後輩の眉毛が、あからさまにハの字になる。

「何か予定あり？」

「ええ、まあ……」

「いいよ。やっておくから」

ため息交じりの返事に、思わず言ってしまった。

「けど」

「大丈夫。この船使ってる荷主、そんなにないはずだから」

「スイマセン！　残り十五分、全力でサポートさせてください！」

「うん、お願いいね」

勢いよく頭を下げた彼は、「よっしゃ！」と気合いを入れて笑顔を見せた。


「すっかり遅くなっちゃった」

予想通り、会社を出たのは定時を三時間以上オーバーした八時半過ぎ。

観光地でもある街のため、まだ十分に賑《にぎ》わっている時間ではあるものの、だからこそ人通りが多く歩きづらくなる。しかも平日の夜に歩いているのは、殆どが仕事帰りのカップルだ。寂しいというわけでもないけれど、冷たい海風がいつもより少し身に沁《し》みる気がする。

人混みを避け、駅までの道をショートカットするためにも細い路地を選んだ。

古い雑居ビルが立ち並ぶ一角を足早に進んでいる時だった。物陰からガサッと微《かす》かな音が聞こえ、思わず足を止める。

(何だろう？　猫……？)

暗がりに目を凝らした。けど、それらしき姿は見当たらない。

(勘違いかな？)

通り過ぎようとした瞬間、再び小さな物音がした。

(やっぱりいる？)

猫だと思うとつい構いたくなるのが猫好きの習性。改めて暗がりに目を凝らし、一歩踏み込んでみる。と、そこに見えたのは、猫よりずっと大きな影――

(えっ……人!?)

薄暗い路地の片隅に、片膝を抱えるようにして男の人が座り込んでいた。暗くてよく見えないものの、少し長めの前髪から覗《のぞ》く横顔は、若そうな印象がある。

(若い男……？)

ハッとした私の頭には、今朝のコンビニ強盗のニュースが浮かんだ。同時に、『関わらない方がいいよ』と言った真理恵の声も蘇《よみがえ》る。

(そうだよね、見なかったことに……)

男に気付かれないよう、一歩踏み出した足をゆっくりと引いていく。それこそ猫のように、慎重に。

けど次の瞬間、膝を抱えていた男の片足が、無造作に路上に伸ばされた。

「っ！」

声にならない悲鳴と共に、反射的にバッグからスマホを取り出した。と、その時――

「!!」

音もなく伸びてきた手が、スマホを持つ私の手を掴《つか》んだ。

（お、襲われる！）

頭ではそう思うも身動きひとつできない。助けを呼びたくても声も出ない。近づいてしまったことへの後悔と共に、血の気さえも引いていく。

（ど、どうしよう……）

「……寒い」

（え……？）

消え入るような微かな声が耳に届いた。その瞬間、硬直してい身体から僅かに力が抜けた。同時に、掴んできた手の冷たさに気付く。

（こんなに冷え切って……）

感じた温度に驚きつつ、掴まれた手に目を向ける。

（……綺麗《きれい》な指……）

大きくも、どこか華奢《きゃしゃ》に感じるその手は、暗がりの中で白い光を放つかのように美しい。

「……大丈夫ですか？」

「寒い……」

恐る恐る声を掛けてみたものの、返ってきたのはさっきと同じ一言だけだった。

これだけ冷え切った手をしているということは、体力も相当消耗しているに違いない。

「救急車、呼びましょうか……？」

「……」

無言で弱々しく首を横に振る姿に、襲われる心配はなさそうに思えた。

「どこか具合が悪いんじゃ……」

「……」

「痛いところとかありますか？」

「……」

何を聞いても反応は同じで、ただ首を横に振るだけ。掴まれた手には殆ど力が込められていない。

振り払おうと思えば払えそうにも思える。にもかかわらず、私は相変わらず彼のすぐそばで動けずにいた。

（だって……）

路上の片隅で項垂《うなだ》れる姿は、まるで弱り切ったために無防備にならざるを得ない野良猫のようで。その冷たい手からは「見捨てないで」と言われているような気がした。

「あの……」

俯く彼の顔を覗き込み、再び声を掛けた時だった――

グゥ〜〜ッ

（えっ）

静まり返った路地裏に、低く鈍い音が響いた。

（お腹《なか》の音……？）

さっき聞いた消え入りそうな声とは対極にあるような豪快な音に、ほんの少し口元が緩む。

「お腹……すいてるの？」

「……」

道端で凍えるように背を丸めていた彼が、ゆっくりと顔を上げた。思いがけない音を聞かれて恥ずかしかったのか、バツが悪そうに私を見る。

その瞳は、暗がりのせいか少しグレーがかって見えた。

（綺麗……）

白く美しい手を見た時と同じように、一瞬息を呑《の》んだ。弱々しくもどこか神秘的な瞳に吸い込まれそうになる。

「……」

「……」

図らずも見つめ合ってしまい、小さな沈黙に包まれた。遠くに雑踏の音は聞こえているものの、この空間だけが別世界のような、あるいは時が止まったかのような、不思議な感覚を味わう。ただならぬ雰囲気に魅せられる怖さを感じながらも、視線を外せない。ただ真っすぐに、深い森の中を覗き込むようにその瞳を見つめた私は——

「……ウチくる？」

まるで魔法にかけられたかのように、そう呟いていた。

「……」

無言のまま、美しい瞳はゆっくりと閉じられた。私の問いかけに、静かに同意するかのように。

「じゃあ、おいで」

少しだけ屈《かが》んで、掴まれていない方の手を差し伸べる。すると、もう片方の手を掴んでいた彼の手が離れ、差し伸べた方の手の上に乗せられた。用心深く、ゆっくりと、慎重に。

（かわいい……）

猫っぽい仕草に心をくすぐられ、ついそんな風に思ってしまった。

そしてその手を両手でそっと包み込んだ。

（……こんなこと、間違ってるかもしれないけど）

包んだ手は、本能的に温めてあげたくなる冷たさだ。弱っているものを保護したいという気持ちには抗えない。

「引っ張るよ……せーの!」

しっかりと手を握り、グッと力強く引き上げた。「これは救助活動!」という、強い意志を込めて。

(わ……)

「……」

図らずも見つめ合うこと再び。

たださっきとは立場が逆転している。今度は私が、思い切り彼を見上げていた。

(長身の、若い男……)

一瞬またコンビニ強盗のニュースが頭を過《よぎ》るも、恐怖よりも先にその姿に目を奪われた。

シュッとした体躯《たいく》は逞《たくま》しすぎず華奢すぎず、いわゆるモデル体型と言えるスタイルの良さ。長めの前髪から覗く目元は涼し気で、瞳はやはり少しグレーがかっている。鼻筋はすっと真っすぐで、その先にあるどこか未成熟さを感じる薄い唇が、逆にバランスの良さを感じさせる。二十代、いや十代にも見える瑞々《みずみず》しさは、薄暗さの中でもはっきりとわかる。

何より、とにかく美しい。

「背……高いんだね」

「……」

思わず見惚《みと》れてしまったことを誤魔化《ごまか》すように言うと、無言のまま視線を外された。引き上げるために握っていた手も、さりげなく解《ほど》かれる。

(ジロジロ見すぎたかも……)

「ごめ――」

謝ろうとすると、グルルルッとまた彼のお腹が鳴った。立ち上がったせいか、さっきとは少し違う音で。

「賑やかなお腹だね。とりあえずどこかのお店に入る？」

愛嬌《あいきょう》のある音に助けられ、自然に言葉を掛けることができた。でも彼は、黙って首を振る。

(お店はちょっと抵抗あるかな)

見れば服が少し汚れている。

「じゃあやっぱり……ウチかな」

問いかけるでもなく呟くと、無言のままコクンと小さく頷かれた。

道端で見かけただけの青年を自宅へ連れ帰るなんて、常識外れな行動なのは明らかだ。

(でも……)

凍えるように身を震わせていた人を放っておくことの方が、自分にとっては常識外れのような気もする。

(困っている人を見たら助けるのは当然だよね？)

困っているどころか、目の前にいる彼は見るからに弱っている。

(そんな人を見捨てることなんてできる?)

無理だ、私にはできない。

(そうだよ……これは救助活動!)

自問自答を繰り返した私は、決意を固めるように再び心の中で唱えた。これが私にとっての正しい選択なんだと、自分に言い聞かせるように。

「じゃあ、行こうか」


こうして私は、今にも雪が舞い降りてきそうな寒い夜に、一匹の猫……いや、一人の美しい青年を拾ってしまったのだ。


薄暗い路地を抜け、駅前に続く大通りへ出た。彼は私の一歩後ろを頼りない足取りでついてくる。

その姿を振り返り、ふと彼の足元に目が行く。

(このスニーカー……)

見覚えがあると思ったそれは、ランチに向かう途中で目にしたのと同じデザインのものだった。

(あの建設現場で見た人?)

服装まではっきり覚えていないけど、今、私についてきている彼は、グレーのダウンジャケットに黒のパンツ姿。どこにでもいそうな格好のため、昼間の人もそんな服装だったような気もしてくる。

（けどあれから何時間経ってる？）

同じ場所ではないものの、大して離れていない所でまた座り込んでいたというのもおかしな話だ。ということは、昼間の人とは別人かもしれない。

（だとしても、どうしてあんな所に座り込んでたんだろう？）

あれこれと考えを巡らせながら、再びちらりと振り返った。ずっと俯き加減で歩いている彼の表情はよく見えない。そしてその足取りは、相変わらず頼りない。

もしかしたら迷いがあるのかもしれない。道端で声を掛けられただけの人についていくことに。それか、駅までの道を歩くのも辛《つら》いほど弱っているか。

「タクシーで帰ろうか」

震えていた身体を思うと、そうするのがベストに思えた。

（服も汚れてるしね……）

お店に入るのと同様に、電車に乗るのも躊躇《ためら》われる。容姿が整っているだけに、無駄に人目を集めてしまいかねない。

彼の無言を同意と受け取った私は、通りに向かって手を挙げた。

空車のランプがつく一台が目の前に停《と》まり、ドアが開く。

「乗って」

「……」

ペコッと頭を下げ、長身の身体を窮屈そうに折り曲げて乗車する彼に続き、私も乗り込んだ。

（乗ってしまった……いや、乗せてしまった、かも）

タクシーという密室に並んで座った途端、急にドキドキと心臓の鼓動が速くなった。緊張なのか、後悔なのか、はたまた恐怖なのか……自分でもよくわからない。

「どちらまで？」

運転手に聞かれ、自宅の場所を告げようとするも、この期に及んで躊躇《ちゅうちょ》する。

「家どこ？　良ければ送るけど」

何食わぬ顔で聞いてみるも、結果は予想通り無言で首を振られるだけだった。覚悟を決めて、自宅の場所を運転手に告げた。


（綺麗な顔……）

走り出したタクシーの中、隣に座る彼の横顔をぼんやりと見つめた。その美しさのせいか、今自分がしていることに今ひとつ現実感が伴わない。

（人助けのつもりだったけど……）

そう思ってふと、ランチタイムでの真理恵たちとのお喋《しゃべ》りを思い出す。混み合う店内で交わした会話は、楽しみだったドラマの最終回の話題から、私の恋愛話へと移っていた。

＊　＊　＊

「恋愛といえば、私もう彼氏いない歴三年になってたの」

「三年ですか!?」

白井さんは大げさなほどに驚いた。

「今朝ふと気付いちゃって」

「冬和先輩、それってちょっとヤバいですよ」

「ヤバいかな？」

「ヤバいね」

間髪入れずに言う真理恵の声に、ぎくりとする。

「一応確認だけど、それってマイナスの意味の『ヤバい』だよね？」

二人は示し合わせたかのように力強く頷く。

「まいっか……じゃダメ？」

「ダメダメ！」

声を揃《そろ》えて言われ、さすがに少々のんびりしすぎな気もしてくる。

「元カレさんとはなんで別れたんですか？」

「それは……もう忘れちゃった」

「世話焼きすぎたのかもねぇ」

適当に誤魔化すも、事情を知っている真理恵は随分しみじみと言った。

「なるほどぉ。冬和先輩、世話好きですもんねぇ」

白井さんにまでしみじみと言われ、返す言葉もなく笑うしかなかった。

＊　＊　＊

（世話好きかぁ……）

自覚はなかったけど、今こうして見知らぬ人を助けてるってことも、結局そういうことなのかもしれない。

（というか……連れて帰るなんて、世話焼きすぎなんてもんじゃない？）

隣でただ黙って窓の外を眺める青年を再び見つめ、密《ひそ》かに自嘲した。けど、その自嘲も緊張感が解《ほぐ》れるほどの効果はなく、相変わらず私の心臓は騒がしいままだった。

2　彼は何者？

「どうぞ……」

何の問題もなくタクシーは自宅マンションの前に到着し、黙ってついてきた彼をとうとう自宅へ招き入れた。自分の家なのに、靴を脱ぐだけでも緊張する。

玄関の鍵は、迷いつつも閉めずにおいた。もしもの時に、すぐに逃げられるように。

「真っすぐ進んで」

僅かな距離でも背中を見せるのは躊躇われ、彼を先に行かせてそのあとに続く。

「そこ、座って」

リビングに入り、ダイニングセットの椅子を指して言った。キッチンも含め約十畳のＬＤＫは、長身の彼が一人入るだけで随分と狭く感じる。

「適当に寛《くつろ》いでね」

落ち着いているように装っているものの、内心はちっとも落ち着いていない。心臓はドキドキを通り越してバクバクしているし、何をどうすればいいのやらと、ひたすら焦っている。対して彼は、言われた通り素直に椅子に座り、両足とも座面に上げて膝を抱えた。

（なんでそんな座り方？）

小さな椅子の上で体育座りをするその姿は、やはりどこか猫っぽい。かなり大型ではあるけれど。

(弟くらいの歳かな?)

六つ下の弟が可愛くて仕方のない私としては、ちょっと母性本能をくすぐられる。

「あ、ごめんね、寒いよね」

膝を抱えた理由に思い至り、慌ててエアコンをつけ、足元にヒーターも置いてあげた。何か温かいものをと思い、お湯を沸かす。

「コーヒーでいいかな?」

キッチンに立って背を向けたまま聞いてみるも、返事はない。振り返ると、彼は抱えていた膝を下ろし、足元に置いたヒーターに両手を向けて温めていた。その仕草を見て思う。

(ホットミルク……)

路地裏で握った時の氷のように冷たかった手。芯まで冷え切った体を温めるには、それがいい。

「牛乳飲める?」

「……」

「ホットでも大丈夫?」

「……」

無言の頷きを二回確認し、マグカップに牛乳を注いでレンジに入れた。やるべきことを見つけ、手持ち無沙汰にならずに済むことに、どこかホッとしながら。

牛乳が温まる間にお湯も沸き、自分のためのコーヒーを淹《い》れる。その間にレンジもチン！　と音を立てた。

「はい、どうぞ」

「……」

僅かに頭を下げ、彼はカップを受け取った。長くしなやかな指で、包み込むようにして。

そのまま両足を椅子の上に上げ、再び体育座りの格好になる。折り曲げられた長い脚の膝の上に、両手で包んだマグカップを乗せている。そんな姿を眺めながら、私も向かいに座る。意識的に距離を取って。

部屋にあげ、温かい飲み物まで出しておきながら、緊張と警戒で身体が強張《こわば》る。

（矛盾してるよね……）

困惑と共にコーヒーをひと口飲む。

（このコもそんな気持ちなのかな……）

暖かさに安堵《あんど》しつつも、緊張と警戒は緩めず、みたいな。

「飲まないの？」

カップを膝の上に乗せたままの彼に、思わず声を掛けた。

「あ、もしかして猫舌？」

「……」

一瞬戸惑うような顔をすると、僅かに首を傾《かし》げた。「そうなのかな？」と自問するかのように。

「冷めないうちに飲んだ方がいいよ。体、温まるから」

余計なお世話かもと思いながらも言うと、彼はゆっくりとカップを口元に引き寄せた。そのまま飲むかと思いきや、ふーっと小さく息を吹きかける。薄く形のいい唇を、子どものように尖《とが》らせて。

「やっぱり猫舌なんだね」

「……」

不本意とでも言いたそうに少し目を伏せて、彼は漸《ようや》くホットミルクを飲んだ。

本当にただ猫を拾ってきただけなのかもしれない――

目の前でミルクを飲む姿を見ながら、ふとそんな風に思った。でもその姿は、どう見ても人間であり、若く美しい青年だ。それも、全く得体の知れない……。

『これは救助活動』そう思って彼をここへ連れてきた。実際、こうして暖かな部屋で温かな飲み物を与え、血色を失っていた白い手には、ほのかに赤みも差している。

間違ったことはしていない。

（けど私、とんでもないことしちゃったのかも……）

そんな思いに駆られて飲み干したコーヒーは、いつもよりやけに苦く感じる。

「どうしてあんな所にいたの？」

「地元の人？」

「じゃないから迷子になったとか……？」

口に残ったコーヒーの苦みを感じながら、矢継ぎ早に聞いてみた。でも彼は、両手で包んだマグカップに目を落としたまま、何も答えない。

「そういえば昼間も似たような人を見かけたんだけど……大きなホテルの建設現場前にいなかった？」

「……」

（とことん答えないのねぇ）

一瞬ちらりとこちらに目を向けたものの、結局何も言わずにすぐ逸《そ》らされてしまった。

思えば彼がこれまで発した言葉は、路地裏で呟いた『寒い』だけだ。あの消え入りそうな震えた声しか耳にしていない。

（どんな声で、どんな話し方をするんだろう）

無言を貫く理由はもちろん、そんなことも気になってくる。

（それにしても……）

明るい部屋で改めて見ると、端正な顔立ちはどこか中性的で、ファッション誌から出てきたかのような完成された美しさだ。ダウンジャケットを脱ぎ、中に着ていた白のケーブルニットもとても似合っている。

グレーがかった瞳のせいか、ハーフのような印象もある。

(もしかして、外国人ってことも……)

黙っているのは日本語があまりわからないからなのかもしれない。

(まさか、本当に密航者なんてことないよね!?)

港町に流れる噂が頭を過り、コーヒーカップを握る手に思わず力が入ったその時だった。

「ごちそうさま」

「えっ……」

(喋った!)

「あったまった」

「あ、ああ、うん……よかった」

突然の会話にどう対応していいのかわからなくなり、あやふやな笑顔になる。

「お、お腹は?」

「お腹?」

「あ、いや、何か食べる……?」

「いい。とりあえず落ち着いた」

彼は長い腕を伸ばし、空になったマグカップを静かにテーブルに置いた。

(喋れるんじゃん……しかも流暢《りゅうちょう》な日本語で)

『寒い』しか知らないのかと思ったけど、そんなことはないらしい。

「帰れそう？　家どこなの？」

「……」

途端にまた沈黙。

ならばと思って質問を変えてみる。

「学生さん？」

「いや……」

「名前、聞いてもいい？」

「……」

「年齢は？」

「二十歳《はたち》」

(そこは答えるのね……というか、ハタチなんだ！)

「わ、若いね～」

九歳も下であることに衝撃に近い驚きを感じ、わけもなくへらへらと笑ってしまった。

その裏で大きな安堵感も抱く。

(だって、もしも未成年だったら)

今、自分がしていることは『未成年者略取』に該当する可能性もあったから。

（この自白が真実とも限らないけど……）

「まだ電車がある時間だし、駅まで送るよ」

「……」

『保護活動』の役目は果たしたと帰るよう促すも、結局また黙り込まれてしまった。

（帰りたくない理由でもあるのかな？）

「もう少し休んでく……？」

仕方なく百歩譲った厚意を口にすると、あのグレーがかった瞳が私を捉えた。

「一泊いくら？　金なら少しある」

「え……」

クシャクシャのお札。

ポケットから出されたそれに、今度は私が沈黙してしまう。

荷物も何もないし、所持金もないのだろうと勝手に思っていた。でもそこには、少なくとも二枚の一万円札が見える。更に二～三枚の千円札も。

それだけあれば電車はもちろん、タクシーでも結構な距離を走れる。

けど彼は、触れてくれるなと言わんばかりに家の場所には口をつぐみ、帰る意志すら見せない。

「全財産」

「そう……なんだ」

「足りない？」

「いや、そういうことじゃなくて」

「彼氏に怒られるとか？」

「いや、いないけど」

「……ふーん」

（ふーん、って何？　呆《あき》れ？　同情？　それとも感嘆？）

思わず突っ込みたくなるものの、こちらとしてもそこは突っ込まれたくない部分なので黙っていた。真理恵たちにヤバいと言われた三年の空白は、それなりの大きな傷を負ったために生じた期間だ。もう完治している傷ではあるけれど、敢《あ》えて触れたくはない。

プロポーズを期待した夜に、自分ではない婚約者の存在を知らされた過去なんて。

「一晩だけでいい」

ぼそっと言われて我に返る。今は過去のことより、この現状をどうするかだ。

（一晩って……簡単に言うけど）

なんて答えればいいのかを必死に考える。見知らぬ青年を拾っただけでも一大事なのに、更に泊めるとなればそれどころではなくなる。でも事情はさておき、行く所がない様子は明らかであり、このまま放り出していいものかという思いも捨て切れない。

「一万？　二万？」

「お金なんていいよ」

「けど」

その代わりに何か、といっても思いつかない。であるなら――

（やっぱり断るしかない！）

「ごめん、泊めるのは――」

「玄関でもいい」

「そんな」

「夜は嫌いだ」

「え？」

伏し目がちに呟かれたその声には、きっぱりとした強さがあった。なのに、なぜだかとても寂しげに響いた。張り詰めているようで、どこか湿り気のある響き。

『夜は嫌い』

その言葉にどんな意味があるのかわからない。わからないけど、助けを求めているような、そんな言葉に感じた。

「……明るくなったら出ていく」

「一晩、だけね……特別無料サービスで」

（言っちゃった……）

結局見放すことはできずに受け入れてしまった。重大決心であることを隠すかのように、うっすらと微笑《ほほえ》んで。

「……感謝します」

「あ、いえ……」

もっと単純に喜ぶかと思ったら、彼は意外なほど殊勝な様子で頭を下げた。その姿に救われたような気持ちになる。

間違ったことはしていない。

さっきホットミルクを飲み終わった彼を見ながらも思ったけど、あれは自分に言い聞かせるためのものだった。でも今度のは、彼の方からそう言ってもらえたような気がしたのだ。そう、思いたいだけなのかもしれないけれど。

「何か作ろうか？」

泊めると決めた私は、気持ちを切り替えるようにして問いかけた。

「いや……」

「あれだけお腹が鳴っていたんだし、少し食べた方がいいよ」

「……母親かよ」

ぽつりと呟いた顔が、一瞬険しくなった。思春期という年齢ではないにしても、まだ母親が煙たい年頃ではあるかもしれない。

（にしても、母親呼ばわりはちょっと酷《ひど》くない？）

「せめて『姉貴かよ』にしてほしかったな」

素直な気持ちを口にすると、彼はまた黙った。

（……家族の話はＮＧ？）

ふとそんな思いが過る。帰ろうとしない理由もそこにあるのかもしれない。けど、そうだとしたら、それはとてもセンシティブな問題だ。

（いきなり踏み込みすぎるのも良くないかも）

沈黙が緊張と化す前に、敢えて明るく言ってみる。

「リゾットでも作ろうかな。実は私もお腹すいてるの」

空になった二つのカップを手にシンクに向かった。

「あ、でも泊まるなら先にシャワー浴びてもらっていい？」

振り返った私に、少し困ったような顔を見せる。

「ほら……ね？」

汚れた服に視線を向けて言うと、彼も一瞬視線を落とし「わかった」と素直に受け入れてくれた。

「お湯溜《た》める？　その方が体が温まるよね」

「シャワーでいい」

「そう？」

「いつもそうだし」

そう言う彼の顔からは、さっき見せた険しさが消えている。

「浴室はそこ」

リビングから玄関に向かう僅かな廊下の、右側にあるドアを指差して言った。

「左側はトイレね」

「了解」

「そうだ、バスタオル！」

浴室に向かった彼のあとを追うようについていき、脱衣室のキャビネットに手を伸ばした。

「ここ？」

来客用の普段使わないタオルが入っている高い所の扉に、彼は楽々と手を掛けて私を見下ろした。その距離の近さに、ビクッと肩が震える。同時にドクンと鼓動も跳ねる。

「開けていい？」

「あ、うん……」

「どれ？」

「一番右の、水色の……それ使って」

じりじりと後ずさりしながら、なんとかそれだけ言って逃げるようにリビングへ戻った。

（……いきなり距離詰めてくるのやめてほしい）

薄れてきていた警戒心が一気に盛り返してしまい、動悸《どうき》をおさめようと何度か深呼吸を繰り返す。

「とりあえずリゾット……作ろ」

気持ちを落ち着けるようにして、キッチンに立った。

鍋に適量の水を入れ、粉末のトマトスープを溶いて火にかける。冷凍ご飯をチンして、煮立った鍋に放り込む。弱火で暫《しばら》くグツグツと煮込み、その間に窓辺に並ぶ鉢からパセリをちぎって細かく刻んでおく。一旦火を消し、あとは彼がシャワーから出たタイミングでとろけるチーズを入れて温め直せばいい。

（この感じ……久しぶりだな）

浴室から聞こえてくるシャワーの音に、ふと懐かしさを感じた。浴室にいるのが恋人なら、ホッとする音ではある。でも今そこにいるのは、名前も知らない謎だらけの青年だ。いくら懐かしい音でも、ホッとすることはない。

（当然だけど）

思わず苦笑いが浮かんだその時、ガチャッと浴室のドアが開く音がした。

（出たのかな）

そのまま料理を続けながら暫く待つも、戻って来る気配がない。

「ねえ、出たの？」

（っ!!）

振り向いた瞬間、思わず息を呑んだ。

（……神？）

腰にはバスタオル一枚。壁に肩先をつけ、少し気怠《けだる》そうにその身体を支える立ち姿。それはまるで、ギリシャ神話の神様のようだ。それも彫刻ではなくて、生きた神。

「さっぱりした」

「あ、うん……」

神々しさと素朴な一言のギャップに、肩の力が抜けた。呑み込んだ息を吐きながら目を逸らし、同時にある疑問が浮かぶ。

「着替えって……ないよね？」

「ない」

あっさりすぎるほどに即答され、それでなかなか出てこなかったのかと合点がいく。

（というか、なんで先に気付かなかったんだろう。着の身着のままだったんだし、これくらいのこと予想できたはずなのに……）

友だちが泊まりにくることはあっても、彼女たちはいつもその用意をしてきて泊まる。でも男性は、過去の男にしろ弟にしろ、突然や流れで泊まっていくことが多かった。

（そうだった……彼らは大抵、何の用意もせずに）

だから彼らの着替えは常にストックしていた。

（でもさすがに三年前のものはないし、弟のものを着せるのも……）

パジャマ代わりの服はなんとかなるにしても、他人の下着は貸すのも貸してもらうのも抵抗を感じるものだ。

（というか今のその姿って、バスタオルの下は何も……!?）

下着のことを考えて初めてその事実に気付き、途端に混乱してきた。

（なんとかしないと。とりあえず穿《は》いていたものをもう一度穿いてもらうしか――）

「コンビニ」

神のような姿のままの彼が、ぽつりと言った。

「コンビニ？」

「買ってくる。下にあったから」

こちらの混乱を察したように言うと、脱衣室の方へ戻っていく。

確かにこのマンションの一階はコンビニだ。とはいえ、この寒い夜にシャワーを浴びたての身体で外に出たら間違いなく風邪をひく。

「待って。私が行ってくる」

背中に向かって言うと、彼はその場で振り返った。

「さすがにそこまで世話には」

初めて見る少し申し訳なさそうな顔。

「いいからこれでも羽織って待ってて。その間に髪も乾かして。ドライヤーは脱衣室にあるから」

ダイニングの椅子に掛けてあったブランケットを放り投げ、弟に言うように指示すると、財布を手にコンビニへと走った。


（さむっ……！）

コートも着ずに飛び出してきてしまったため、両腕をさすりながらコンビニに駆け込んだ。同じ建物の一階に存在するこのコンビニには、感謝しかない。緊急時も、そうじゃない時も、とにかく助かっている。

男性下着が並ぶ棚には、予想外に色々なタイプのものが揃っていた。トランクス、ブリーフ、ボクサータイプ、ビキニ……どれがいいのかわからず迷う。

（というか私……）

棚の前で悩んでいるうちに、ふと、自分はいったい何をやっているんだ？　という疑問が湧いた。

見知らぬ青年を路上で拾って家にあげ、警戒しつつもホットミルクを飲む姿に安堵し、泊めてくれと言われて断り切れず、泊まるならシャワーをなどと言い、キッチンで聞くシャワーの音に懐かしさを感じ、挙句の果てには出てきた美しい裸体に魅せられ動揺し、深夜のコンビニで男性下着を選ぶ二十九歳の女……。

　急に外の冷気を浴びたせいなのか、頭の中がどんどん冷静になっていく。取り散らかって微熱を感じる額に、冷却シートを貼られたかのように。

（ほんと何やってるんだろ、私……）

　常識的に考えても、やはりどうかしている。

　凍えて弱っている人を放っておく方が自分にとっては常識外れだと思ったのは確かだ。確かではあるけれど、世話好きにも程があるとしか言いようがない。

　そもそも彼はなぜ家にまでついてきたのだろう？　夜は嫌いだから泊めてくれなんて、あのお金があればホテルにだって泊まれたはずだ。みなとみらいのお洒落《しゃれ》なホテルは無理でも、一歩路地に入れば、リーズナブルなビジネスホテルはいくらでもある。

（やっぱり泊めるのは、やめた方がいいのかな）

「あの」

　突如考え込んでしまっていると、後ろから声を掛けられた。

「あ、すみません。どうぞ……」

　棚の前から少しずれると、サラリーマン風の男性がサッとトランクスを手に取って離れていった。一瞬チラッと私に視線を向けて。

　いつまでも男性下着コーナーの前に立ち尽くしていたら、迷惑な上に怪しまれるのも仕方がない。

（とりあえずコレにしとこ）

弟が穿いているようなボクサータイプのものを選び、レジへと向かった。


「お待たせ！」

急いで戻り、勢いのままリビングに駆け込んで声を掛けると、ブランケットに包《くる》まる彼がゆっくりと振り向いた。言った通りに髪は乾かされ、手に何かを持っている。

（封筒？）

それは、テーブルに置いてあった私宛ての郵便物だ。

（うそ、物色された⁉）

「勝手に触らないで‼」

「っ……ごめん」

思わず叫ぶと、一瞬驚いた顔をした彼はすぐに封筒をテーブルに戻した。ブランケットを掴む手を胸元でクロスさせ、叱られた子どものような目で私を見る。

「ちょっと気になった」

「……何が？」

「なんて読むのか」

彼の目線が、さっきの封筒に移される。

「名前」

「名前？　あ……」

そういえば、彼のことをあれこれ聞くばかりで、自分もまだ名乗っていないことに気付く。

「それで封筒を？」

「……」

彼はコクンと小さく頷いた。薄暗い路地裏に座り込んでいた時みたいに、弱々しく。

その様子に騙《だま》されてはいけないと、心の奥に警告ランプが灯《とも》る。そうやって個人情報を盗もうとしていたのかもしれない。コンビニで冷静になったあとだけに、より疑念が膨らむ。

（でも、本当にただ単に私の名前が気になっただけだとしたら）

私が彼のことを何も知らないように、彼も私のことは何も知らない。名前はもちろん、年齢も教えていない。彼の年齢は聞き出しておいて。

ふと目にした封筒の名前が気になるのも、当然といえば当然かもしれない。

（それくらいは教えても……既に住所は知られてるわけだし）

抱いた疑念に乱された心と呼吸を整えるように、一旦深く息を吸って吐く。

「……トワ。冬の和って書いてトワ。サキムラトワ、二十九歳です」

封筒に記された名前をなぞりながら、名乗った。

「咲村冬和……」

「うん」

「詩みたい」

「え？」

「綺麗。字も、響きも」

「そう……かな」

年齢を突っ込まれることも覚悟していた私は、どう反応していいのかわからなくなった。

何よりそんな風に褒められた？　ことは初めてだったため、嬉《うれ》しいというよりくすぐったいような気持ちになる。

「俺は航《こう》」

「えっ？」

「水月《みなづき》航。水の月に、海をわたる航海の航」

「水月、航……くん」

彼の雰囲気にぴったりの名前だと思った。静かで憂いのある、それでいて大きく広いイメージ。

私の名前よりよっぽど詩的で美しい。

「よろしく」

「あ、うん……よろしく」

予期せず自己紹介をし合うことになり、一気に高まった警戒心はひとまずおさまった。

「あ、これ。部屋着も今出すね」

買ってきた下着を渡し、リビングと隣り合わせの寝室へ向かった。

八畳の寝室の奥にあるクローゼットを開け、適当な部屋着を探す。念のため、物色された形跡がないか確認しながら。

（……大丈夫みたい）

ホッとしつつも反省する。慌てていたとはいえ、素性のわからない人をあげたまま家を空けるなんて、油断しすぎだ。

（疑ったようなことはなかったけど……）

特に問題のないクローゼットの奥から、スウェットの上下を引っ張り出した。弟が泊まる時にも貸しているフリーサイズのもの。彼には少し小さいかもしれないけれど。

「これ着て。いつまでもその格好でいたら風邪ひく」

リビングに戻ってスウェットを差し出すと、彼は素直に受け取った。私はそのまま脱衣室の方へ向かう。

「着てた服、洗濯してくるね。その間に着替えちゃって」

「ああ、うん……」

心もとない声の返事を聞き届け、脱衣室にある洗濯機に彼の汚れた服を放り込んだ。乾燥までのコースをタイマーセットして、スタートさせる。

（これでよし）

彼が着替え終わる頃を見計らって、リビングに戻った。

「明日の朝には乾いているから」

「ありがと」

「……ふ」

お礼の言葉を口にした彼の姿に、思わず頬《ほお》が緩んだ。

「やっぱりちょっと小さかったね」

「ん？　ああ……」

弟より十センチは背が高そうな彼の長い手足が、フリーサイズのスウェットからかなりはみ出している。

「おへそは隠れてる？」

聞くと彼は、自分のお腹を覗き込むようにして呟く。

「……なんとか無事」

「ふふ、ならよかった」

「……ふっ」

（あ、笑った……）

つい笑ってしまった私につられるようにして、彼の頬もほんの少し緩んだ。初めて見る控えめな笑みは、笑顔というほどの朗らかさではなかったけれど、それがかえって美しく見えた。こんな寸足らずな格好をしているにもかかわらず。

「お腹、冷やさないようにね」

（お腹……あっ）

「リゾット!!」

彼が浴室から出る直前に火を止めたまま放置していたことを思い出し、慌ててコンロに駆け寄った。

「うわ……」

予想通りの鍋の中。水分を完全に吸収し、ふやけ切った赤いご飯がそこにある。

「どうした？」

「ごめん、忘れてた」

「……貸して」

鍋を覗き込んだ彼は、コンロ前にあるフライパンを手に取った。それを火にかけ、棚にあるオリーブオイルを垂らして温める。そこに鍋の中身を移し、平らになるよう広げていく。

やがてパチパチと音がし始め、彼が鮮やかな手捌《てさば》きでフライパンを振ると、彼の長めの前髪がふわりと浮いた。同時に、こんがりと焼けたご飯が見事にひっくり返る。

（すご……）

意外なほどの手際の良さに、驚きと興味を持って魅せられる。その真剣な眼差《まなざ》しにも。

裏面もしっかり焼くと、彼はそこにとろけるチーズを振りかけて蓋をした。

「七・六・五・四・三……」

「いい匂い」

蓋を開けた途端、トマトとチーズの香ばしい香りが鼻をくすぐった。

「ピザ風焼きリゾット」

仕上げにさっき私が刻んだパセリを振りかけると、彼はそれをするりとフライパンからお皿に移した。

「わあ！　美味《おい》しそう！」

思わず感嘆の声が漏れ、何の躊躇もなく笑顔を向けていた。そんな私を彼は、意外なものを見たような顔で見下ろしている。

はしゃぎすぎた――

咄嗟《とっさ》にそう思った。警戒心の欠片《かけら》もない素の顔を見せてしまったようで、気まずいような、気恥ずかしいような、複雑な感情を抱く。

『私は何をやってるんだろう？』

コンビニで思ったことが再び頭に浮かんだ。その答えはまだわからない。けれど、彼への疑念はだいぶ薄れてきている。

寸足らずのスウェットに身を包み、こんな手品みたいな料理を披露する姿は、とても悪い人には見えない。私の名前が気になり、それを知って自らも名乗ってくれた。もちろんそれだけで彼を丸ごと信用するわけではないけれど、私がしたことにも素直に感謝の言葉を口にすることのできるこの青年を、疑いたくはない。

「冷めないうちに」

「うん、そうだね」

彼が作ってくれたピザ風焼きリゾットを二人で食べる。お互いどことなく緊張感を漂わせながら、ほぼ無言で。

でもそれは、無言で食べるのが勿体《もったい》ないくらい、できれば「美味しいね！」って言い合いたいくらい、信じられないくらいに美味しくて、あっという間に平らげてしまった。

「テレビでも見てて」

深夜の軽食を済ませると、リビングのテレビをつけて私は奥の寝室へ向かった。今度は自分の着替えを取りに行くために。

（大丈夫かな……大丈夫だよね）

胸の内で呪文のように唱えながら、下着を手に取った。

（彼が寝てからこっそり入る？　いや、それよりちゃんと約束事を言い渡して入った方がいいかな）

今までの様子を見る限り、こちらから言うことは素直に聞き入れている。であるならば、きちんと釘《くぎ》を刺しておけばきっと大丈夫だ。

心拍数を上げながら、着替えを持ってリビングに戻る。

「じゃあ、シャワー浴びてくるね……」

床に座ってテレビを見ていた彼が振り向く。

「言うまでもないと思うけど、覗かないでよ？」

「ほんと言うまでもない」

鼻で笑うように言ってテレビに視線を戻した彼は、『対象外』とでも言うように雑に手を振った。

（まあ、そうだよね）

そのにべもない言葉と仕草にホッとして、浴室へと向かった。


（ホッとしちゃってよかったのかな？）

（興味なさそうな態度を取っておいて……ということだって……）

シャワーを浴びながら思うも、今更何を思っても仕方がない。今となってはもう、なるようにしかならないのだから。

全裸の身体に熱いお湯が滴り落ちていく。心臓は忙《せわ》しなく鼓動を響かせている。その音に急《せ》かされるように髪を洗い、身体を洗う。

そして――何事もないまま、シャワータイムを終えた。

着替えとヘアドライを済ませ、テレビの音がするリビングへと戻った。少し足先を強張らせ、ゆっくりと慎重に進んでいくと――

(ん……?)

ソファー脇の床で、丸まって眠る彼の姿があった。

「寝ちゃってたんだ……」

こちらの緊張なんて気にも留めず、というより気付きもせずに? スヤスヤと静かな寝息を立てて眠っている。

(なんか損した気分。……というか)

(本当に対象外なんだな)

そう思うと、可笑《おか》しいような、切ないような。

足先から力が抜けていくのを感じながら、眠る彼のそばにしゃがみ込む。

床に丸まる姿はやはりどこか猫っぽく、無防備な寝顔も、文句のつけようがないくらい美しい。

ほんの少し開かれた薄くて上品な唇。長いまつげが映える透き通るような肌。柔らかくて滑らかそうなその頬に、思わず触れてみたくなる。

(触れないけど)

一人密かに頬を緩めた。

こんな美しい青年が、なぜ今ここにいるのだろう。なぜ私についてきたのだろう。なぜこんなにも安心しきった顔で眠っているのだろう。

ふわふわと、もくもくと、改めて頭の中で膨れていく思い。

彼のことはまだ『水月航』という名前と年齢しか知らない。それが本名かもわからないし、『二十歳』というのも果たして正しいのかどうか。

(君はいったい何者……?)

つけっぱなしのテレビの灯《あか》りに照らされる彼を見つめ、丸まるその身体にそっと毛布を掛けた。

(夜が明けたら、出て行ってもらうからね)

そう心の中で呼びかけながら。


「ん……」

瞼《まぶた》の向こうに柔らかな光を感じて目を開けた。

今日もいつもと変わらない朝……ではない。

枕元のスタンドの灯りがついていることに気付き、瞬間的に昨夜の記憶が蘇った。

（あの子は……!?）

眩暈《めまい》が起きそうな勢いで身を起こし、気持ちを整えるように一度深呼吸。そろりと慎重にベッドから降り、リビングへ向かう。

普段は開けたままにしてある引き戸を、昨夜はしっかりと閉めて眠った。その引き戸に手を掛け、そっと音を立てないように開ける。

（あれ？）

ソファー周りに視線を走らせるも、そこにあったはずの丸まる背中が見当たらない。

（出て行った？）

夢だったのかもと思いたい気持ちはあるものの、残念ながら記憶ははっきりしている。と思った矢先――

「おはよ」

やはり夢でもなんでもなく、彼はそこにいた。短い挨拶の言葉を口にし、昨夜と同じようにダイニングセットの椅子の上で体育座りをしている。私が掛けた毛布を頭から被って。

「おはよう。もう起きてたんだ」

「寒くて目が覚めた」

「あ、ちょっと待って」

自分でも意外なほど冷静に挨拶を返し、エアコンのリモコンを手に取りスイッチを入れた。続いて、足元にあるヒーターもつける。

「つけててよかったのに」

「そこまで図々《ずうずう》しくない」

「泊まっておいてそれ言う？」

「泊めてもらっただけで十分だから」

抑揚のない声ではあるけれど、嘘《うそ》を言っているようには聞こえない。

「ずっと床で寝てたの？」

見たところ、ソファーに乗った形跡がない。クッションの位置も形も昨夜のままだ。

「ソファー使ってよかったのに。まともに眠れなかったでしょ」

「そっちこそ。クマできてる」

「……っ」

反射的に両手を頬に当てた。

（絶対ひどい顔してるよね……）

実際、言われた通りウトウトする程度で殆ど眠れなかった。見知らぬ青年を泊めたのだから当然といえば当然だけど、不安と警戒、困惑と後悔、慈悲と寛容、ありとあらゆる感情が一晩中渦巻いてしまった。もしかしたらそれは、彼も同じだったのかもしれないけれど。

「隠しても遅いよ？」

「なっ！」

両手で顔を覆ったまま俯くと、横からぬっと覗き込まれた。

「なんか新鮮。大人の女性のすっぴんって」

ふっと小さく笑う顔が指の隙間から見え、覆った顔が熱くなる。

新鮮、大人の女性、すっぴんという言葉。急に詰めてくる距離。僅かな微笑み。

どれもが不意打ちすぎて、どう反応していいのかわからない。

「あ、そうだ、服」

逃げるように脱衣室へ向かい、タイマーセットしていた洗濯機から彼の服を取り出した。

（ふぅ……）

勝手に騒ぎ出した心臓を落ち着かせてから、再びリビングへ戻る。

「はい、ちゃんと乾いてるよ」

「あったかい……」

余熱が残る服をギュッと抱きしめる姿に、思わず頬が緩んだ。けどその顔を見られないうちに背を向け、早く着替えるようにと告げる。あまり隙を見せてしまうのも、良くない気がして。

（クマのあるすっぴんを晒《さら》しておいて今更だけど……）

彼が着替えている間に寝室に戻り、起きたままの状態だったベッドを整える。枕元のるるの写真に挨拶をしながら。

今日は土曜日なので、写真の隣にある目覚まし時計は鳴ることもなく、ただ時を刻んでいる。その針は、既に九時を回っていた。

（もうこんな時間なんだ）

「カーテン開けるけど、いい？」

「どうぞ遠慮なく」

リビングに戻って声を掛け、彼の返事を確認してからカーテンを開けた。淡々とした少し可愛げのない声ではあるものの、ちゃんと返事をするようになっていることにホッとする。

「おはよう。遅くなってごめんね」

いつものように、窓からの光を受ける植物たちに声を掛けた。

「誰？」

着替えを済ませて昨日と同じ姿になった彼が、不思議そうな顔をする。

「誰って？」

「挨拶してたから」

「あ……この子たち」

窓辺に並ぶ鉢植えを指して言う。

「観葉植物とか、ハーブとか」

「ああ……」

「同居人でもいると思った？」

「ペットでもいるのかと。彼氏いないって聞いたし」

そういえば、昨夜にはそんな情報まで与えていたことを思い出す。

「ペットは実家にいるよ。ここでは飼えないから」

写真を飾っている寝室の方へ目を向けて言う。

「『るる』っていうの。その子とこの子たちへの挨拶は私の日課、かな」

「可愛い」

「えっ」

「るる」

「あ……で、でしょう」

猫のことに決まっている。一瞬でもドキッとしてしまった自分が情けない。

「もうお爺《じい》ちゃん猫だけど、私の最愛の恋人」

「……ふーん」

彼氏の話をした時と同じような反応をされるも、そこに意味や意図があるのかは相変わらずわからない。

「もしかして、寂しい女って思った?」

「思ってない」

冗談めかして言ったつもりが真顔で返されてしまい、かえって孤独感が強調されてしまった気がする。自虐は下手をすると墓穴を掘ることになるので気をつけよう。

「これ、ありがと」

貸していた毛布とスウェットを差し出された。どちらもきちんと畳まれている。

「お腹、冷えなかった?」

「大丈夫」

「ならよかった」

少しずつ落ち着いた会話が交わせるようになっていることを感じながら、受け取った毛布とスウェットをひとまずソファーに置いてキッチンに立つ。

「お腹すいたね」

返事を待つでもなく冷蔵庫を開け、とりあえず卵を二つ手に取った。

「俺がやる」

「えっ?」

いつの間にかすぐ後ろに立っていた彼が手を差し出した。その手の美しさよりも、急な接近にまたもドキッとしてしまう。

（相変わらず距離の詰め方が読みづらい……）

「オムレツ？　目玉焼き？　それともスクランブルエッグ？」

「……任せる」

昨夜の焼きリゾットを思えば、おそらく料理は得意なのだろう。

卵を渡すと、彼は案の定、手際よくオムレツを作り始めた。その間に私はパンを焼き、コーヒーを淹れる。二人分。

「お皿、これ使って」

二枚のお皿をテーブルに出すと、彼は無言のまま作り立てのオムレツを乗せた。その脇にレタスとミニトマトを添えると、トースターがチン！　と小気味よい音を立てた。

何気ない朝の風景に見えるそこには、昨日まではなかった硬さと柔らかさが、微妙なさじ加減で混ざり合うような、何とも言えない空気が漂っていた。

「家のことだけど、どこか地方から出てきたばかりとか？」

「……」

「あんな所にいたのはどうしてなのかなって。道に迷った？」

「……」

（そこはやっぱりダンマリなのね）

遅い朝食を食べながら改めて話してみるも、反応は昨夜と変わらず首を横に振るだけだ。

「とにかく、これ食べたらちゃんと家に帰るんだよ」

言うべきことをきちんと伝え、これで一仕事終えられると思ったものの、思わぬ言葉を返される。

「連泊したい」

「連泊って……」

「家ないし」

どういうことかと聞けば、飲食店でのバイトをクビになって寮から追い出されたという。あのクシャクシャの全財産は、最後のバイト代だったらしい。

「なんでクビになんか」

「閉店が決まって。だから帰るとこない」

（そう言われても……）

じゃあ泊まって、とすぐに言えるかといえばそうもいかない。

「実家は？」

「……」

途端に顔が曇った。どうやら触れてはいけない所に触れてしまったようだ。

（夕べも家族の話になると顔をしかめてたし……）

「バイト決まるまででいい」

「でも、寮があるバイト先なんてすぐ見つからないんじゃ」

「住み込みとかも探す」

「うーん……」

答えに窮していると、グレーの瞳が不安げに見つめてきた。道端で座り込んでいた時ほどではないものの、どこか弱々しい眼差しで。

「猫……俺のこと猫だと思ってくれていいから」

「猫って……」

路地裏で見た時から猫みたいだと思っていた。ミルクを飲ませて温めて、仕草も寝姿もどこか猫っぽいのは確かだ。今こうして私を見つめているその瞳も。

(だからって……)

ここで情に流されたら後悔するかもしれない。でも、ここで突き放したとしても、それはそれで後悔しそうな気もする。

(だったら……)

「次が見つかるまでだからね」

「じゃあ」

「お金はいらない。だからなるべく早くバイト見つけて」

寮でも住み込みでも何でもいいから、とにかく住む場所を確保できるバイトを早急に探すよう念を押した。

「わかった、約束する」

「あくまで緊急措置だからね！」

（なんて言っちゃったけど、大丈夫かな……）

「ありがとう。助かった」

（え……）

早くも後悔しかけた私に、彼は意外な顔を見せた。

切れ長の目を柔らかに細め、頬を崩し、何か特別なご褒美をもらって喜ぶ子どものような、純粋で屈託のない笑みがそこにある。

（神が天使に変身……？）

初めて本物の笑顔を見せられた気がして、これまでとは少し違った動悸を感じた。

（こんな顔で笑える子は、きっと悪い子じゃない……よね）

しかけた後悔を打ち消すようにそう思い、改めて気持ちを整理する。

（バイトが見つかるまでだし、猫、いや、人助けだと思って）

そもそも私は、『これは救助活動！』と思ってあの路地裏で彼の手を取ったのだ。

間違ったことはしていない。

その思いを胸に、彼との一時的な同居生活を決意した。

3　波乱の同居生活

同居となればそれなりの準備もしなければならず、彼を連れて買い物に出掛けた。

「まずは服からだね」

聞けば荷物らしい荷物は元々なく、細々としたものは追い出された寮に置いてきたという。

「これなんてどう？」

念のため会社のあるみなとみらい地区は避け、横浜駅の駅ビル内にあるファストファッションの店に入って聞いてみた。

（見られてまずいわけではないけど、説明が面倒くさくなりそうだし）

会社帰りに拾った子だなんて、口が裂けても言えない。

「これは？」

「うん……」

「いい？　ダメ？」

「いい」

「じゃあシャツはこれとこれで決まりね」

次にセーター、ボトムスと、一通りのものを手に取っていく。反応は薄いものの、彼の身体に服を当てたりしながら選ぶのは、正直ちょっと楽しい。

（昔よくこんな風に弟の服を選んだっけ）

弟が中学に上がる頃にはもうそんなこともなくなり、懐かしい気分で買い物を続ける。彼も面倒くさそうではあるけれど、嫌がっている様子はない。

（やっぱり何気に素直な子なんだよね）

自分のことを語るのは拒むけれど、こちらの言うことに対しては基本的に従ってくれている。ぶっきらぼうだったり、そっけない態度ではあっても。

「下着は自分で選んでね。昨日コンビニで変な目で見られちゃったし」

「なんで？」

「男物の下着を前にして思い悩んでいたからかな」

「思い悩むって何を」

「……種類とか、サイズとか？」

『自分は何をやってるんだろう』と思っていたことは、とりあえず伏せておいた。

「どっちも正解」

「え？」

「種類もサイズも」

「そっか、ならよかった」

淡々とした言い方だけど、会話はだんだんと自然になってきている。そんな気がしていた。

(外に連れ出してよかったかも)

「そうだ、部屋着も買わなきゃね」

「そんなにいいよ」

「でも、あのスウェットじゃ小さいし」

「けど節約しないと」

(そういうことか……)

ポケットに手を突っ込んで言う姿で察し、ここは私が立て替えると告げた。

「いや、自分で買う」

「買ってあげるんじゃなくて、立て替えるだけ」

「一文無しなわけじゃない」

「それはわかってるけど、今は無職なんだし」

「自分で買う。部屋着も」

山盛りになったカゴに、更に適当に手に取った部屋着を押し込んで、彼はレジへと向かった。

(……素直なんだか頑固なんだか)

でも、買ってもらって当たり前という顔をされるよりはずっといい。自分よりだいぶ年下の、しかも無職の宿無しという境遇にある彼が今持てるぎりぎりのプライドなのだろう。その頑《かたく》なな態度は、決して嫌なものではなく、むしろ好感を持って受け止めた私は、レジに並ぶ彼のもとへ向かう。

「余計なおせっかいだったね。ごめん。できることは自分でしたいと思うのは当然だと思う」

「……」

「よく言われるの、アンタは世話焼きすぎだって」

自嘲気味に言う私を、彼は何か不思議なものを見るような目で見下ろしている。

「ん？」

「……別に」

戸惑うように目を逸らした彼に、改めて言う。

「でももし足りなかったら遠慮なく言って。私が勝手に選んじゃったのもあるから」

「……わかった」

素直な頷きを目にした私は、自然と微笑んでいた。


「買い込んだね〜」

両手に大きな紙袋を持つ彼と、多くの人が行き交う商業施設の通路を歩く。

「ひとつ持とうか？」

「いい」

「重くない？」

「全然」

短い単語の会話は相変わらずだけど、その表情は、面倒くさそうについてきていた時からは、だいぶ和らいでいる。

「あとちょっと雑貨類も買わないとね」

「まだ？」

「歯ブラシとか、洗顔料とか」

「ああ……」

途端にまた面倒くさそうな顔になり、思わず笑いそうになってふと気付く。

（……なんか、見られてる？）

すれ違う人たち、エレベーター待ちをしている女の子たちが、振り返ってこちらを見ていた。その視線は、全て私の隣にいる彼に注がれている。

（そっか、この美貌だから……）

一晩が過ぎて少し慣れてきていたのか、彼の美しさをあまり意識していなかった。でも、振り返ってでも見てしまう気持ちはよくわかる。

とはいえここまで視線を集めてしまうと、ただの『連れ』としても落ち着かない。と、思ったその時、ショーウィンドウに映る自分たちの姿がふと目に留まった。同時にドキリとする。

寄り添い歩く姿は、まるで恋人同士――いや、どう見ても姉と弟だ。そこにははっきりと九歳の年齢差が映し出されているように見える。

（でもこの状況って……）

シーンだけで見れば、デート風景そのものだった。

（弟の買い物に付き合ってる気分だったけど……。楽しいって感じていたのは……無意識のうちにデート気分になってた？）

浮かれていた自分が急に恥ずかしくなった。ましてやこんな視線にまで晒されてしまい、一刻も早くこの場から消えたくなる。

「もう帰ろうか」

「けど歯ブラシ」

「近所のスーパーで間に合う。コンビニにもあるし」

行こう、と言って歩き出すと、不意に後ろから手首を掴まれた。ひんやりとした感触にドキッと心臓が小さく跳ね、瞬時に昨夜の路地裏でのことが蘇る。

一緒に買い物をして、楽しい気分になったりして、あれからまだ二十四時間も経っていないのに、明らかに彼への警戒心は薄れている。こんな風にあの時と同じように手首を掴まれても、思うことはあの時と違う。

（普段から冷たいんだな、手……）

そんなことを思いながら振り返り、「何？」と問いかけた。

「買う物まだある」

「雑貨類なら――」

「食材」

「え？」

「冷蔵庫、空っぽだった」

今朝、卵を取り出した時に見えていたらしい。

（そこまでチェックされてたとは……）

「食材も歯ブラシと一緒にスーパーで買うから大丈夫」

「ならいい」

彼は納得した様子で手を離した。

（食材の心配をするなんて、住み着く気満々じゃん）

突っ込みたくなるのを抑え、いつの間にか一歩前を歩いている彼の背中を追いかけた。


自宅の最寄駅に戻り、駅前のスーパーに寄った。

今夜は何にしようかと考えながらカートを押していると、彼が勝手にポンポンと食材を入れ始めた。しかもかなり適当に選んでいる。

「ねえ……」

「好き嫌いある？」

心配になって声を掛けると、逆に質問された。

特にないと答えると、彼は再びあれこれとカートに入れていく。

「ちょっと……」

「ちゃんと計算してるから」

服を買った残金で買える範囲を選んでいるという。

「食事は俺が作る。だから任せてほしい」

「でも……」

「宿泊費の代わり」

真っすぐに目を見て言われ、思わず言葉に詰まる。

「それくらいさせてほしい」

「……わかった。じゃあ今日は任せる」

とは言ったものの――

（大根、レモン、白身魚、餃子《ぎょうざ》、ムール貝、納豆……）

どう見ても目についたものを無作為にカートに入れているようにしか見えない。

（まあでも……）

鼻歌が聞こえてきそうなどこか楽し気な姿に、まあいいかという気になる。服選びには無関心だったけど、どうやら料理への関心は高いらしい。実際、昨夜の焼きリゾットも今朝のオムレツも絶品だった。

（今夜は何を食べさせてくれるんだろう）

暫く忘れていた、誰かと過ごす幸福感のようなものを感じながら、彼の隣でカートを押した。


「美味しい！」

帰宅後に彼が作った料理は、魚介類と野菜たっぷりのアクアパッツァだった。フライパンのままテーブルに置かれたそれは、ハーブとニンニクが利いたなんとも言えない良い香りを漂わせている。色どりも味も完璧だ。

「こんな豪華な夕飯久しぶり」

「見た目の割に手軽。フライパンひとつでできるし」

「そうは言っても、これってお店で出せるレベルだよ」

家にあった残り野菜、オイルや調味料、ハーブの種類まで頭に入っていたらしく、短時間で見事なまでのご馳走《ちそう》を作りあげてしまう才能には心底驚かされた。しかも適当に選んでいるように見えた食材は、数日後までのメニューを考えた上でのものだったという。それも含め、しっかりと『残金以内』で収めていた。

「実は異世界から召喚された名シェフ？」

「異世界とか召喚とか、そっちに詳しい系？」

「いや、全然……」

最近よく耳にするから言ってみただけだと正直に言う。

「でも君の色々が異世界レベルだとは思う」

「色々って何」

「色々は、色々だよ」

（容姿とか、現れ方とか、正体不明感とか……）

「何言ってんだか」

ふっとほころんだ顔に、つられるように私も笑った。

「ねえ、やっぱりこの食材分は私に払わせて」

「計算通りだから大丈夫」

「それはわかってるけど、単純にお礼がしたいの」

「お礼なんていらない」

渋る彼に、これは当然の対価だと言ってお金を差し出した。

「対価……」

「そう。こんなに美味しい料理を作ってくれたんだもん、受け取ってほしい」

「……じゃあ、遠慮なく」

受け取ったお金を、彼は大事そうにポケットに入れた。

「本当に美味しかった。ご馳走さま」

昨夜のリゾット並みにあっという間に平らげ、後片付けを一緒にする。

「これからも食事は俺が作る」

「まあ、私もできる時はやるけど。というか、毎回こんなに豪華にしないでよ？」

「わかってる。今日は特別」

特別と言われ、『同居スタート記念』という言葉が頭に浮かんだ。

（なんて、能天気すぎるか）

そんな自分に呆れつつも、スーパーで感じた『幸福感のようなもの』を再び感じているのも事実だった。

（完全に警戒心が消えたわけではないけど、少しずつ彼を知って、少しずつでも信じていけたら……）

彼の隣でお皿を拭きながら、思い始めていた。

後片付けも終えて、買ってきたものを整理しながら、ここでの生活におけるルールを話し合う。

食事の件はさっき話した通りにするとして、一番の懸案事項は入浴時のことだ。お互いに『見ない』ということは大前提だけど、それだけではやはり不安が残る。

「そっちが入る時は外に出てる」

「外って？」

「散歩とか、下のコンビニとか」

「いいの？　夜だよ？　寒いよ～？」

「ケンカ売ってる？」

「そうじゃないけど」

彼が苦手なものをセットで押し付けるのは、さすがに少し気が引ける。

「俺が部屋にいると落ち着いて風呂入れないんでしょ？」

「それはまあ、そうなんだけど。本当にそれでいいの？」

「許可が出るまで待つ」

「じゃあ……お言葉に甘えて」

それでいいならと、そうしてもらうことにした。けど、自ら『猫だと思って』と言った彼が犬のように『ヨシ！』と言われるまで待つというのだから、なんだか可笑しい。そんな精一杯の配慮を見せてくれたことは、素直に嬉しいけれど。

「君の入浴中は奥の寝室に籠もってるから安心して」

「別に不安にも思ってないし」

「ならいいけど、入浴後はすぐ服を着て、裸でウロウロしないこと」

「わかった」

次は彼が寝る場所についてだ。リビングで寝てもらうことには変わりないけど、床でゴロ寝はどうかと思うので。

「ソファーで寝ていいからね」

「床でいい」

「でも床じゃ冷えるし硬いでしょ」

「けどあれじゃ……」

チラッとソファーを見て言われた。ん？　と思うも、すぐ気付く。長身の彼が寝るには小さすぎると。

「そうだよね、床の方がのびのび眠れるかもね」

納得して言うと、彼も「そういうこと」と言うように頷いた。

昨夜の様子では床でも猫のように丸まって寝ていたし、のびのびって感じには見えなかったけど、彼がそれでいいと言うのならいいのだろう。

「まあとにかく、好きなように寝て」

冷たくて硬い床から卒業したいなら早くいいバイトを見つけること、と付け加え、ひとまず大まかな同居ルールを決めた。

その後、早速彼は夜の散歩に出掛け、その間に無事にお風呂も済ませた。待機時間は三十分と決め、戻って来た彼が今度はお風呂に入り、私は奥の寝室でプライベートタイムを過ごす。

全ては順調に運び、ある程度の緊張感はありながらも、昨夜のような緊迫した空気になることはなく、あとは寝るだけとなった。

「風邪ひかないようにね」

「へそは出てないから大丈夫」

買ってきた部屋着の裾を引っ張りながら言われ、そうだね、と笑いながら毛布を手渡した。

「じゃあ、おやすみ」

「おやすみのキスは？」

「っ!?」

あまりにも予想外の言葉に、瞳孔まで開きそうな勢いで目を見開いた。その目をじっと正面から見つめられる。

（急に何を……）

一気に心拍数を上げる心臓が、バクバクと音を立てる。

「……冗談」

真顔のまま言われ、更にドキッと鼓動が跳ねる。冗談なら冗談らしく笑って言ってほしい。

「く、くだらないこと言ってないで早く寝なさい！」

弟を叱る姉のような口調になり、かえって動揺が浮き彫りになってしまった。間抜けな動揺の上塗りを隠そうと、即座にリビングの電気を消す。

「おやすみ」

聞こえてきた声に返事もせずに寝室に入ると、ピシャッと引き戸を閉めた。


「はぁ……」

ベッドに入り、深いため息をついた。

（まったく、突然何言い出すんだか……）

彼が言う通り冗談なのはわかっている。わかっているのに、飛び跳ねた鼓動の余韻はまだ消えずに残っている。いったい私は何にこんなにドキドキしているのか。そこに困惑してしまう。

（あれくらいの冗談にあんな反応をしてしまうなんて……）

でも本当に、どうしていいのかわからなかった。ただ笑って受け流せばいいだけのことなのに。

（これって、三年の空白による免疫力の低下？）

『キス』というたった二文字の言葉に、あれほど動揺するとは思ってもみなかった。

すっぴんを見られた時もそうだ。彼の言葉や視線にいちいち慌ててしまって。

（……恋愛から遠ざかりすぎたのかな）

意識的に避けてきたつもりはない。ただ、恋の見つけ方がわからなくなってしまっただけだ。

（それが問題なのかもしれないけど）

真理恵たちが『ヤバい』と言うのも、そういうことなのだろう。

（そこに気付かせてくれた彼には、感謝すべき？）

気持ちを切り替え落ち着かせようとするも、胸の鼓動は相変わらず騒がしい。

（今夜も眠れそうにないな……）

昨夜も殆ど眠れていないというのに、目は冴《さ》えていくばかりだ。明日も仕事は休みなのが、せめてもの救いだけれど。

（安眠確保のためにも、彼には早くバイトを見つけてもらわないと……）

そんなことを思いながら寝返りを繰り返し、漸くウトウトし始めた頃――

「……!?」

ふと背後に気配を感じた。

（え、嘘……）

背中に当たる冷えた空気。布団が捲《まく》られ、誰か――彼が入ってくるのがわかる。

（早速ルール違反!?）

心臓の音がバクバクと響く。

怒鳴りつけたいと思うのに、壁に向かって身を縮めたまま動くこともできない。

(すんなりついてきたのは結局これが目的だったの!?)

信じ切ったわけじゃない。でもこんなにも早く裏切られることになるとは、自分の甘さを恨むしかない。弟の世話を焼く姉気分になって油断していた愚かな自分を。

(救助活動だなんて理屈をつけていたくせに……)

今その救助を最も必要としているのは、他でもないこの私だ。

(本当に、なんてバカなんだろう)

したくないと思っていた後悔が物凄《ものすご》い勢いで押し寄せるも、もう遅い。

震えそうな身体をグッと強く自分で抱きしめる。でも、震えがおさまるどころか、足先から凍えるように冷えていく。心臓の鼓動が激しすぎて、息も上手《うま》くできない。ぎゅっと目を瞑《つぶ》り、為《な》す術《すべ》もなくただじっと寝たふりを続ける。

(神様……)

助けて、と祈ろうとしたその時――

「ごめん」

背後から消え入りそうな小さな声がした。

「……ルール違反」

ビクッとしながらも、なんとか言葉にして返した。

「やっぱ寒い」

（え……）

道端で聞いた声と同じ響き。

だから床で寝るのは冷えるって言ったのだ。それでもいいと言ったのは彼なのに。

「あったかい……このまま眠りたい」

呟く声に、ほっとしているのが伝わる。だからといってこのまま許すわけには——

「何もしないから」

「そんなの当然……」

「じゃ、いい？」

自分の甘さを痛感したばかりの私は、定まらない思考を必死に巡らせる。

ここは突っぱねるべきなのだろう。でも、背中を向けていて見えないはずの彼が、昨夜のように弱々しく震えているような気がして——

暫く黙ったまま、今日一日で見てきた彼の態度や表情を思い返していく。

おとなしく体育座りをして私が起きてくるのを待っていた彼。手早く朝ごはんを作り、同居承諾に『ありがとう』と柔らかに微笑んだ顔。そのくせ必要な買い物は面倒くさそうで、全部自分で買うと言い張ったり。かと思えば宿泊費の代わりと見事なご馳走を作ってくれたり。そして私の入浴中は散歩に出掛けていった。寒さと夜が苦手なのに。今後もそれでいいのかと問えば、従順な犬のように『許可を待つ』と言った——

出会ったばかりの二十歳の青年。

そんな彼を私は『信じていけたら』と思ったのだ。

「……指一本でも触れたら」

「出て行く」

即答され、何も言えなくなった。いや、言わなかった。それを承諾と受け止められることを承知で。

背後でごそごそと彼が動く。向きを変え、こちらに背中を向けたのだろう。

「……おやすみ」

「おやすみ……」

背中合わせで交わした言葉を最後に、ゆっくりと目を閉じた。

圧《お》し掛かる静寂の中、自分の鼓動が煩《うるさ》いほどに響く。

(今夜も眠れなそう……)

「ん～……」

四～五時間ぶりの仰向《あおむ》け。

二夜連続の寝不足で朦朧《もうろう》としながら天井を見つめ、大きく伸びをする。一晩中縮こまっていた筋肉をゆっくりと弛緩《しかん》させるように。

カーテンの隙間から淡い光が差している。その弱さからして、まだ早朝といえる時間だろう。そんな時間に、隣で寝ていた彼はそっとベッドから抜け出し、そのまま外へ出て行った。気付いていたけど、呼び止めることも、振り返ることもしなかった。

背中一面をベッドに付けている状態が、信じられないくらい心地いい。このまま眠りに堕《お》ちたくなるも、重い身体を起こした。

昨日の朝と同じようにそろりと慎重にベッドから降り、リビングへ向かう。引き戸を開けても彼の姿はない。ダイニングセットの椅子で体育座りする姿も。

(出て行った……ってことは、私に何かした？)

ふとそんなことを思う。指一本でも触れたら……と言った私に、彼は『出て行く』と即答したからだ。でも、そんな事実も気配も一切なかった。一晩中眠れずにいたのだから、そこは自信がある。お互いに背を向けたまま、二人ともほぼ動かずに、空が白むのを待っていた。そして、うっすらとした明るさを感じる頃、彼は静かに出て行ったのだ。『何もしない』という約束を守って。

(ならどうして？)

まだはっきりとしない頭に、そんな疑問が浮かぶ。

一晩、いや二晩ここで暖を取って満足した？　行く所がないからと言って暫くここにいると決めたのに。そのための買い物もして、ルールも決めて。

にもかかわらず、彼は消えた。

（ベッドに入るのはダメだけど、もうあの時間ともお別れか……）

なんとなく感じていた誰かといる心地よさも、彼と共に呆気《あっけ》なく消え去った。

（あ……まさか何か盗まれてたりしないよね!?）

現実に引き戻されたその時、ガチャッとドアが開く音がした。

（え、戻って来た？）

そう思うと同時に玄関へ向かう。少し足早に。

「起きたんだ」

「出て行ったんじゃ……」

「昨日買い忘れて」

玄関に立つ彼の手には、牛乳パックがそのまま握られている。

「コンビニ行ってた」

「そう……なんだ」

拍子抜けとはこのことだ。あれこれと考えを巡らせていたことが馬鹿らしくなるくらい、彼は何事もなかったかのように戻って来た。

「朝メシ、すぐ作るから」

「あ……うん」

半ば呆然《ぼうぜん》としながら、リビングへ向かう彼のあとに続く。なぜだか鼓動が高鳴っている。戻って来たことに驚いているのか、安堵しているのか。安堵しているならドキドキする必要もないとは思うけど。

（どっちにしても最近忙しすぎる、私の心臓）

そんな風に思いながら、キッチンに立つ彼を見つめた。上着を脱いだその姿は、昨日買った部屋着のままだった。

「出掛けるなら声くらい掛けて」

彼が作った朝食のハムエッグに手をつけながら言った。

「寝てたから」

「起きてたよ」

「そっちもでしょ」

「そう……だろうな」

「……まあ。けどあったかかった」

昨日の朝も似たような会話をしたな、と思いながら、話を元に戻す。『寒い』とか『あったかい』

とか、そういう、庇護《ひご》欲を刺激する言葉に惑わされないように。

「出て行ったのかと思った」

「出て行くようなことはしてない」

「けど、こっちとしてはあれこれ考えちゃうんだよ」

「あれこれ？」

「だって君、なにも話してくれないでしょう。名前くらいで……昨日だって、急にベッドに入ってきたし」

「……」

彼と出会った日の朝にあの近くでコンビニ強盗があったこと、港付近では密航者の噂があることなども伝えた。それで余計な勘ぐりをしてしまうことも。

「たぶん、私がおかしいって思うよ。知らない君を連泊なんてさせて。……でも、信じてもいいのかなって思えたから。だけど結局、夜中に人のベッドに潜り込んできて、あわよくば襲ってやろうって思ってた？　そういう人だったのかもって、思っちゃうよ」

一息で言っても、返事はない。

（ほら……そういうところが私を不安にさせるんだよ）

チリチリと燻《くすぶ》り始めた苛立《いらだ》ちに、棘《とげ》のある言葉が出そうになる。

けど、それより早く彼が言葉を返した。

「ごめん、怖がらせて」

「え……」

「大丈夫、そんなに怯《おび》えなくても」

彼は微笑んだ。私の不安や警戒を察し、それごと包み込むように柔らかに。

(……私が何をどう感じているのか、ちゃんとわかろうとはしてくれてるのかな)

思えばベッドに入ってきた時も、背後で彼が最初に呟いたのは『ごめん』だった。私が怖がっていることをわかっていたから。

昨日の朝もそうだ。私の顔を見て『クマができてる』と指摘したのも、一晩私がどんな思いで過ごしたかを察してのことなのだろう。

「どっちも違うから」

「え？」

「強盗でもないし、密航者でもない」

真っすぐすぎて逸らしたくなるくらい真剣な眼差しで、はっきりと否定する。

「襲おうとも思ってないから」

信じていきたいと思った気持ちを裏切られたと思っていた。

でも彼は戻って来た。出て行くようなことはしていないからと言い切って。

そして私が抱いていた疑念も、全て違うと言い切った。

「……わかった。信じる」

（ちゃんと、応えてはくれたから……）

彼の肩が僅かに下がる。重い荷物をひとつ下ろしたかのように、ふっと小さく息を漏らして。その様子に、私も密かにホッと胸を撫《な》でおろす。

まだ知らないことだらけではあるけれど、でも、こちらが真剣に思いを伝えれば、きちんと返してくれる。私が感じていることを察することもできるし、それに対して彼なりの誠意も見せてくれている。それがわかっただけでもよかったと思う。

（この同居生活、もう少し続きそうだな）

「布団も一組買わなきゃね。またベッドに潜り込まれても困るし」

「好きなように寝てって言ったくせに」

「そ、それは床でもソファーでもって意味で！」

「ふっ、わかってるよ」

「もう……」

からかわれて悔しいのか、笑われて恥ずかしいのか、なんだか少し顔が熱くなるのを感じた。

「あ、それとちょっと気になってたんだけど、君、スマホは？」

「持ってない」

「本当に？」

持っている様子はなかったし、予想通りの答えではある。とはいえ今時それはないだろうという思いも強く、にわかには信じがたい。

「面倒くさいことあって、解約した」

「ストーカー、みたいな？」

「ストーカー⁉」

思いも寄らない言葉が飛び出し、思わずオウム返ししてしまった。

「お客がしつこくて。ホストやってた時の」

「ホスト！」

またも復唱してしまった。あまりに似合いすぎる職業ではあるが、これまで自分の身近にはいなかった人種だけに、驚きが大きい。

「もしかしてクビになった飲食店って」

「それはビストロ。料理はそこで覚えた」

「ああ、なるほど」

「ホストはその前。すぐ辞めたけど」

辞めたと同時に元客がストーカー化し、一日に何十回と届くメッセージに辟易《へきえき》してスマホは解約したという。引っ越し先を寮にしたのも、個人で部屋を契約するより足がつきにくいだろうと思ってのことだったらしい。

（なんていうか、予想外のことがわかってきたというか……）

掴めそうで掴めてはいないものの、少しずつ彼という人間の輪郭が見えてきた気がする。

それが嬉しくもあり、もっと彼の話を聞きたくなる。

「ビストロでバイト中もスマホなしだったの？」

「特に不便はなかったから」

寮の電話があり、何かあれば『おばちゃん』が取り次いでくれたという。

随分と昭和感漂う寮だなとは思うが、料理人の卵が集まるそこは、そんな寮だったらしい。

（納得といえば納得だけど、今時スマホなしで不便を感じないって）

そんなハタチの子もいるのかと思いつつも、それでよしとはならない。

「でもこれからバイト探すには必須だよね」

「けど」

「お金なら――」

「それ以前に住所不定」

「あっ」

完全に頭から外れていた。確かに今の彼の境遇では新規契約は難しい。とはいえ職探しに必要なのはもちろん、私としても彼との連絡手段がないのは困る。僅かな期間だとしても、何かと連絡が必要なことは出てくるだろうから。

「とりあえず私名義でなんとかするしかないかな」

「いや、でも……」

「ないと絶対困るって、お互いに。短期間ならレンタルっていう手もあるし、あとでちょっと調べてみよう」

「なんか、悪い」

「強引に転がり込んでおいて、今更悪いも何もないでしょ」

「……確かに」

バツが悪そうに呟くも、その目元は少し笑っているように見えた。

遠慮しつつも実は甘え上手らしい。

「契約料や使用料は、布団代と一緒に出世払いね」

「何なら身体で払っても」

「こら。またそうやってお姉さんをからかって」

「今日は余裕？」

「今日も、です」

昨夜の『おやすみのキス』の時みたいな動揺もなく、さらりとかわせた。

（免疫力、ちょっと復活？）

「じゃあ、すみませんが色々とよろしくお願いします」

彼は殊勝なフリっぽく頭を下げた。フリではあっても、素直さはちゃんと伝わった。


そんな激動の週末が終わり、『新しい日常』を過ごすようになって早くも二週間が過ぎようとしていた。

「ねえ、電話じゃない？」

夕食後にソファーで寛いでいると、レンタル契約をしたスマホがダイニングテーブルの上で震えた。

「そっちのじゃなくて？」

「君のだよ。昨日の面接の結果かも！」

スマホを手にした彼は、画面を見ながら私の隣に座る。

「ショートメール」

「昨日の結果？」

小さく頷いた彼は、抑揚のない声で呟く。

「ダメだった」

「そっかぁ……」

差し出された画面には、『誠に残念ながら、今回はご希望に添えない結果となりました』との一文が。

貴重な『寮完備』のバイトだったけど、仕方ない。

「まあでも大丈夫だよ、君と縁のある所は必ずあるはずだから」

「あのさ、それやめない？」

「それ？」

「航でいい」

「え？」

すぐ隣にいる彼の顔を、ぽかんとして見つめた。励ましの言葉に返された変化球が、あまりにも予想外すぎて。

「ずっと思ってたんだけど、その『君』っていうの、なんかキモい」

「キモ……」

思わず数センチ身を引いて固まった。

（まあ確かにキモいか……）

けど、私としてもどう呼べばいいのか悩んだ末の呼び方なので、そこまでストレートに言われるとちょっと傷つく。

「じゃあ……」

（なんて呼ぶ？　『君』がダメなら名前で呼ぶしかない？　上？　下？　いやいや……）

「そんなに悩むこと？」

「み、水月くんにしようか」

急かされるように聞かれて咄嗟に口から出たものの、それが妥当だと思う。

「苗字《みょうじ》？」

「だって」

いきなり下の名前を呼び捨てするには躊躇いがある。

「せっかくフルネーム教えたんだし」

「せっかくって……それしか教えてくれないくせして」

「年齢と職歴も話したけど？」

「……そうだけど」

それが突然の名前呼びの理由になるかといえば、そうは思えない。

（けど……）

彼からのこの予期せぬ提案には、二週間という時の経過を感じることができた。

「じゃあ、とりあえず『航くん』ってことで」

「……まあ、『キミ』よりはマシってことで」

不満が残る言い方ではあったけど、一応は納得してくれた『航くん』。

「バイト探し、また頑張るから」

「うん。きっといいの見つかるよ」

　数センチ離れた距離は、すっかり元に戻っていた。


　それから更に一週間の時が流れ、急遽《きゅうきょ》の同居生活も三週間が経過した。

「おはよう」

　毎朝そう声を掛ける相手が、るるの写真と窓辺の植物、それに航が加わっていることが自然になっている。

「おはよ」

　そうやって返してくれるのは、その三つのうちのひとつ、航だけであり、そのことにも慣れてきた。

　スマホと同時期に届いた新しい布団セットは、既に綺麗に畳まれ、航はいつものように朝ごはんを作ってくれている。

「今日は仕事終わりに友だちと会うから、夕飯は適当に食べてて」

「友だちって？」

「大学時代からの友人。会うの半年ぶりくらいなの」

「ふーん」

自分から聞いてきたくせに、関心なさそうに呟くのが航らしい。

「お風呂も先に入っていいからね」

「わかった」

「航は今日もバイト探しだよね」

「……うん」

どこかはっきりしない言い方が、少し気になった。

「もう三週間だね。早く見つかるといいけど」

「あっという間だな」

相変わらず口数は多くないものの、それでも以前に比べたらかなり増えた。日本語が喋れないのかと思った日が、懐かしいくらいだ。

そして私はこの通り、彼のことを『航』と名前で呼ぶようにもなっている。『くん付けもやっぱキモい』と言われてしまったため、仕方なく折れた。けど、呼び捨てにもいつの間にか慣れている。

それが、三週間という時間を一緒に過ごしてきた結果だ。

「はい、弁当」

航が作った朝食を食べ終え、バタバタと出勤準備を整えて玄関に立つと、お弁当を差し出された。

もちろん航お手製だ。これももう、日常の一コマとなっている。

「ありがとう。じゃあ、いってきます」

「夜遊び楽しんでおいで」

（え……）

不意に見せられた大人びた笑み。

「けどあんまり遅くならないように」

「あ、うん……気を付ける」

我に返ったように受け取ったお弁当をバッグに入れ、家を出る。

（誰かに見送られ、誰かが待っている家に帰る……）

そんな日常を送っていることが、どこか信じられないような気持ちになりながら、会社へと向かった。


「はぁ～、やっと昼休みですね～」

隣に座る白井さんが、手にした書類をトントンと整えながら気の抜けた声を出した。

「今日は午前中から濃かったね」

「朝からトラブル続き……既にクタクタです」

「まあでも、午前中のうちに解決できてよかったよ」

「ですね！　ランチでしっかり充電しましょう」

パタンとノートパソコンを閉じて立ち上がると、白井さんは『あっ』という顔で私を見下ろした。

「冬和先輩はお弁当でしたね」

「ああ、うん」

残念そうな顔をしてくれたこともあり、少し寂しさを感じた。毎朝お弁当を作ってくれる航には感謝している。何よりとっても美味しいし。でもたまにはみんなと一緒に外へ食べに行くのもいいかなって思う。

（航にもちょっとは休んでもらいたいし）

「今日はどこに行くの？」

「どうしようかなぁ。波岡さんに聞いてみます」

「何？」

白井さんが真理恵の名前を口にしたちょうどその時、彼女がやってきた。

「今日のランチどこ行きます？」

「そうだねぇ……『鶏テツ』でどう？」

（いいね！）

思わず言いそうになった。美味しい炭火焼き鳥の店が、ランチ限定で出すトロトロの親子丼は私の大好物だ。

「行きたいって顔してるね」

「あは、バレた？」

「じゃあ『鶏テツ』は、冬和先輩がお弁当を休んだ日にしましょうか」

「いいよいいよ！　二人で行ってきて」

「では遠慮なく。けど冬和、なんで急にお弁当派に？　もしかして彼氏でもできた？」

「な、なんでそうなるの？」

「男ができて料理に目覚めた！　とかさ」

「そんなんじゃないよ、ただの節約」

一瞬焦るも、笑顔でさらりとかわした。料理をしているのは私ではないし、そもそも航は彼氏でもない。

（そうだよ、航はただの同居人なんだから）

心の中で敢えて念を押す自分に、妙な戸惑いを感じる。

「節約にしてはいつも豪華ですよね～」

「え……」

「確かに」

白井さんの鋭い突っ込みに真理恵も頷いた。二人には何度か航お手製弁当の中身を見られているため、そう言われると返答に困る。

「実は、弟が転がり込んでて。泊めてもらう代わりに家事やるとか言い出したの」

ついそんな嘘をついてしまった。『宿泊費の代わり』は嘘ではないけれど、さすがに正体不明の男子を住まわせているとまでは言えなくて。

「そういうことか」

「毎日豪華なお弁当を作ってくれる弟さんなんて、羨ましいです！」

「ホントだよねぇ」

「ほら、早く行かないと『鶏テツ』、満席になっちゃうよ！」

「そうだ、急ごう」

「ですね！」

これ以上突っ込まれたくなくて急かすと、二人は慌てた様子で出掛けていった。

（ふぅ……とりあえず誤魔化したけど）

ついてしまった嘘は、そのうちボロが出るに違いない。願うは航が早くバイトを見つけて出て行ってくれること、それに限る。同居が解消されれば、変に疑いをかけられることも嘘をつく必要もなくなる。でもそのバイトは未《いま》だ決まらない。探している様子はあるけれど、最近は結果報告を聞くことも減っている。良くない結果は言いたくないのかもしれないけど、何も報告がないと少し心配になる。

（本当に探してるのかなって……）

今朝もどことなくはっきりしない答え方が気になった。

（そろそろなんとかしろって言った方がいいのかな。このままズルズルしちゃわないように）

お互い今の状態に『慣れ』が出てきてしまっている気もする。それはお互いにとって良くない。

（航が出て行ったら、このお弁当も食べられなくなるんだな）

蓋を開けたお弁当箱の中に現れた、春を先取りした菜の花のお浸し。小さな蕾《つぼみ》の中から見え隠れする黄色の鮮やかさが、なんとなく目に染みた。


午後の仕事はトラブルもなく、定時で会社を出た。

予定通り予約していたお店に入り、店内に目を走らせる。

「冬和、こっち！」

大学時代からの友人、蓮見理香子《はすみりかこ》が手を振った。

「久しぶり～」

「本当に。元気そうだね」

「冬和も」

商社に勤める理香子は、海外出張も多くいつも忙しくしている。たまにしか会えないけど、会えばあっという間に半年のブランクなど消え去る。

「冬和、なんか綺麗になってない？」

「えー？　いきなり何？」

「もしかして彼氏できた？」

「ないない。できてないよ」

昼休みに続いての『彼氏疑惑』に、思わず苦笑いした。

「相変わらずの独り身真っ最中」

苦笑いのまま答える私の脳裏には、ちらりと航のことが過る。でも、航が彼氏ではないことはもちろんのこと、同居しているとはいえ独り身なのも事実だ。

「本当に～？」

「本当だよ。できたら真っ先に報告するって」

「じゃあ片思いとか？」

「ないない！　って、力強く否定できちゃうところが悲しいところだけどね」

自虐的に笑ってみせると、理香子も笑った。

「どこかに落ちてればいいのにね、冬和が恋に堕ちるような人が」

「えっ!?」

思わず声が大きくなった。まるで航との出会いを言われたような気がして。

「そんなに驚かなくても」

「いや……、そんなことあるわけないって思ったから」

「だよねぇ、落ちてるわけないよねぇ」

「ないない……」

何度となく繰り返したその言葉をまた口にしながら、頭の中に再び航の姿が過る。

彼は道端に落ちていた。そして私はその彼を拾った。

でもそれは、恋なんかじゃない。

（人命救助なんだから……）

そう思うのに。

『どこかに落ちてればいいのにね、冬和が恋に堕ちるような人が』

理香子のこの言葉を聞いた途端、勝手に鼓動が速まっている。

（私は航のこと……）

今更年下の子に恋するなんてこと、ない。

最後にもう一度、『ないない』と心の中で呟いた。


久しぶりのお喋りを堪能し、店を出て夜の港町を二人でほろ酔いで歩く。

「横浜って来る度に変わってるんだよねぇ。知らない街みたい」

理香子にとっては地元なのだが、それだけに変化の激しさに毎回驚かされるという。

「ここにもまた新しいホテルが建つんだって？」

ちょうどあの建設現場前を通り掛かり、夜空に伸びる建設中のビルを見上げながら理香子が言う。

「アルテミスリゾートのホテルらしいね」

「アルテ……」

「知らない？　外資の大手ホテルグループ」

「ああ、うん、名前は聞いたことあるけど」

（それよりも……）

私が気になったのは、航を初めて見かけたのはここだったということだ。

路地裏で座り込んでいた彼と、ここに座り込んでいた彼は、同一人物だと私は思っている。航が認めたわけではないけれど。

（昼間からこんな所に座り込んで、そして夜には薄暗い路地裏で震えていた航って……）

今更ながら、いったい何をしていたのかと気になってくる。

「冬和？　どうした？」

「あ、いや、完成したらいつか泊まってみたいなって思って」

「ここのホテルに？　無理無理！」

適当な言い訳を口にした私に、理香子は笑ってダメ出しをした。

「うちら庶民が泊まれるような所じゃないよ」

「あ、そっか！　そうだよね！」

一緒に笑いながら建設現場前を通り過ぎた。帰ったら航にもう一度聞いてみようかと思いながら。あの日ここにいたのは、やっぱり航だよね？　って。

今なら素直に『うん』って言ってくれそうな、そんな気がする。

（それにしても私……）

さっきから、いや昼間から、いや朝から？　航のことばかり考えている自分に気付きながら、冴えわたる真冬の夜空を見上げた。


「ただいま」

「……おかえり」

理香子との楽しい時間を終えて帰宅すると、ダイニングテーブルに突っ伏していた航が眠そうな顔を上げた。相変わらずそっけない一言ではあるけど、誰かが待っている温かな部屋に帰るということには、やはり安らぎを感じる。

「風呂、沸いてる」

「先に入った？」

「うん」

頷いた航は、私がバスタオルや着替えを手にすると、いつものように出て行こうとする。咄嗟にその背中に向かって言う。

「もういいよ」

「何が？」

「お風呂の度に出て行かなくても」

「けど……」

「いいから、ハウス！」

「犬かよ……猫だと思ってとは言ったけど」

口元を少し緩め、玄関に向かおうとしていた航は再びダイニングセットの椅子に腰を下ろした。

許可が出るまで待つと言った航は、この三週間欠かすことなく夜の散歩に出掛けていた。寒いのが苦手なくせに、文句ひとつ言わずに。そんな彼に、危険を感じることもほぼなくなった。全くとは言えなくても、少なくとも突然襲ってくるような男ではないと信じられる。

「ありがとう、三週間も耐えてくれて」

「……風呂、冷めるよ」

ぼそっと呟くその顔は、照れているようにも、嬉しそうにも見える。そしてその表情には、見覚えがあった。

あれは彼との同居が始まって数日後のこと——

＊　＊　＊

「これ、渡しておくね」

会社から帰った私は、彼に合鍵を差し出した。それなりの覚悟を持って。

「……いいの？」

「バイト探しで外に出ることも増えるだろうし」

「そうだけど」

「開けっ放しで出掛けられても困るから」

「まあ……そうだよな」

仕方ないから受け取るとでも言いたげなその顔は、どこか照れくさそうに緩んでいた。

＊　＊　＊

（あの時みたいな顔してたよね、今）

私の『許可』が彼をそうさせるのかと思うと、こっちの顔まで緩みそうになる。

「じゃあお風呂、入ってくるね」

「コーヒーでも淹れてる」

立ち上がった航は、やかんを手にして背を向けた。覗いたりしないから、とでも言うように。そして私は、その背中を信じることができた。


「それでね、帰り道の途中で建設中のホテル前を通ったんだけど」

何事もなくお風呂を済ませ、航が淹れてくれたコーヒーを飲みながら雑談をする中、自然と話はその方向へ向かった。

「あの日、あの建設現場に座り込んでたのって、やっぱり航だよね？」

少し緊張はしたものの、思ったよりさらっと聞くことができた。

航は、考え込むような顔で手にしたコーヒーカップを見つめている。

「前にも聞いたと思うけど、今日あそこを通って、ふとまた思い出して」

出会った夜のような沈黙が近づく中、静かな声が届く。

「うん……俺」

『やっぱり！』というより、『答えてくれた！』という思いが強かった。

「けどよく覚えてない、なんであそこにいたのか」

カップを見つめたままの航は、その後にあの路地裏までどういう経緯で辿《たど》り着《つ》いたのかも記憶にないと言う。

「お酒でも飲んでた？」

「どうかな……それも覚えてない」

「そっか」

その言葉を鵜呑《うの》みにするわけではないけれど、航は認めてくれた。今はそれだけでいい、そう思えた。

「バイトなんだけど」

「え？　あ、うん、どうだった？」

急に話を変えられ、やっぱりあの日の話はあまりしたくないのかもと思いつつ、答えを待つ。

（そろそろちゃんと話さなきゃと思ってたし……）

「決めてきた」

「本当？　寮完備の所あったの？」

「寮はない。けど前払い可だって」

「前払い……？」

「前借りした給料で住む所は何とかする」

「そう……」

待ちに待った報告。なのに、すぐに出てこなかった。『よかったね』や『おめでとう』の言葉も、安堵する感情も。

「寮とか住み込みとか、見つけるの厳しいと思う」

確かにその手の求人はほぼない。だからあっという間に三週間が経ってしまったのだろう。

「いつまでも居候ってわけにもいかないし」

「そうだよね」

私もそう思っていた。このままズルズルしてしまうのは、良くないって。

住む所をなんとかできるなら、喜んで送り出すべきだ。航のためを思うのなら、なおさら。

（そう思うのに……）

どうしようもなく感じてしまうこの寂しさは何だろう。

「おはよ」って返してもらえなくなるから？　美味しいご飯やお弁当が食べられなくなるから？

電気のついた温かい部屋に帰れなくなるから？

どれもこれも、航がいたからできたことだ。誰かと一緒にいるという幸福感。それを思い出させてくれた航が、いなくなる。

そうなることを望んでいたにもかかわらず、こんなにも寂しさを感じるのは――

（私はやっぱり航のこと……）

いつもここで浮かびかけてはかき消していた言葉が、はっきりと頭に浮かぶ。でも、そのまま呑み込んだ。口にすることなど、想像もできなくて。

その言葉を胸に秘め、問いかける。

「どんなバイトなの？」

「ラーメン屋」

「接客？」

「厨房《ちゅうぼう》」

「料理……勉強できそう？」

「盗めるものは盗む。あ、技術のこと」

「わかってるよ」

強盗疑惑を掛けられたことを気にしている様子に、やっぱり悪い子じゃないと改めて思う。

（だからこそ、喜んで送り出さなきゃ、だよね）

胸に秘めた言葉を、もう一度しっかりと呑み込む。そして、

『決まってよかったね』

そう言おうとした時だった――

不意に小さな風を感じたと思ったら、唇に柔らかな感触が。

（えっ……）

一瞬何が起きたのかわからずに目を見開く。

（何？　どういうこと!?）

パニックになりかけるも、それは明らかにキスだった。

航の唇が、私のそれに重なっている。

『盗めるものは盗む』そう言った航に、唇を奪われていた。

何の前触れもなく、風のような速さで、拒む間もなく突然に。

（なんでこんなこと……）

いつもと変わらないこの部屋で、いつもと同じように航が淹れたコーヒーを飲んで寛いでいた、はずなのに。

思考が追いつかず、見開いた目を閉じてしまう。重なる唇をそのままに。

心臓が物凄い勢いで鼓動している。いつ破裂してもおかしくないくらいの激しさで。

あまりに唐突すぎて、どうしていいのかわからない。でも、嫌じゃない。だから、離せずにいる。

それくらい航のキスは優しくて、甘い。そっと触れ合うだけの、静かで柔らかなキス。あまり熱を感じないのも、航らしい。

思いがけない甘さと、「なぜ？」という疑問に翻弄されていると、航はすっと唇を離した。

長く感じていたけれど、ほんの数秒だったのかもしれない。それでも、十分すぎるほどに私の心は揺さぶられた。

「……またルール違反」

「わかってる」

「わかってるならどうして」

「どうせ出て行くならと思って」

『出て行く』という言葉に、チクリと胸が痛む。その痛みの理由に、私はもう気付いてしまった。

だから離せなかった、不意に重ねられた唇を。

「バイト、来週の月曜から来いって」

突然のキスなどなかったかのように、航が言った。

（月曜日……）

ということは、今日を除けば残された時間は金土日の三日間。

「それまでに部屋を見つけるのは難しくない？」

咄嗟に出たとはいえ、そんな言葉で引き止めようとするなんて、我ながら往生際が悪い。

「部屋が決まるまで店に寝泊まりしてもいいって」

「そう、なんだ……。じゃあ」

「出て行くよ」

躊躇のない言葉が胸に刺さった。今度はチクリではなく、グサリと、致命傷になるほどの深さで。

（ああ……やっぱり私は航のことが）

受けた痛みの強さで思い知らされる。何度となく呑み込んできた『好き』という感情が、痛む胸に広がっていく。もう呑み込みきれないほどに。

私は航が好きだ。

あの凍えるような寒い夜に道端で拾った、名前しか知らない青年に恋してしまった。

緊張と警戒を徐々に解きながら、お互い少しずつ歩み寄って、この部屋で、一緒に寝て起きて食べて、同じ時間を過ごし、そして気付けば航のことばかり考えていた。同僚たちとの雑談中も、親友とのお喋り中も、頭に浮かぶのは彼のこと。

何者であるのかわからないのは今も変わらない。でも、私が見てきた彼は、静かで、穏やかで、素直な心を持つ真面目な青年。拗《す》ねたり頑固な面もあるけど、それがまた可愛くもあって。ぶっきらぼうだった口調もだんだん和らいで、見せる笑顔もどんどん解れてきて、笑ってくれる度に嬉しいと思ってしまう。

だからとても寂しい、航が出て行ってしまうのは。

(でも……)

「約束だもんね、バイトが決まるまでって」

「うん。だから」

そこで言葉を切った航が、私の目を真っすぐに捉える。

「どうせ出て行くなら、ルール犯してから出て行こうかなって」

ふざけたような言葉に聞こえるも、その表情は真剣だ。だからこそ、航の真意が見えない。

(どうしてそんな風に思うの？　なんでわざわざルール違反のキスなんて)

約束を守るために出て行く。それでいいはずなのに。

(もしかして、航も私のこと……それとも……)

聞きたいけど、上手く言葉にできない。

いつになく鋭い光を放つグレーの瞳が、私の心を覗き込むかのように見つめてくる。その瞳を見返し、私も彼の心を覗き込もうと必死になる。

そんな私の肩に、航の手が掛かった。

「……指一本でも触れたらって言ったはず」

再び勢いを増す鼓動に煽《あお》られながら言うも、航は構わず私を押し倒していく。ゆっくりと、優しく、私に抗う猶予を与えるくらいの力強さで。なのに、抗えない。

「キスは指以下？　以上？」

「以上に決まってる。いきなりキスなんてもってのほかだよ」

怯《ひる》まずに告げるも、背中はもう完全に床に付けられている。

「なら、指一本で」

「っ!?」

押さえられていた肩から離れた航の手が、唇に触れた。人差し指一本だけで、私の声を封じるかのようにそっと押し当ててくる。その感触は、ひんやりと冷たい。あの路地裏で初めて触れた時ほどではなくても。

「……指一本ならいいってことじゃない」

「わかってる」

「……わかってない」

「ルール違反は承知の上」

上下の唇をなぞるように触れられながらの抗議は、何の意味も成さない。航は子どもが面白いおもちゃでも見つけたかのように、指先で私の唇を弄び続ける。

（こんなことができるコだったんだ……）

驚きよりも、新たな発見に心が揺れている。

やがてその指は唇を離れ、顎を伝って首筋へと下がっていく。ゾクリとした感覚と共に、思わず声が漏れそうになるのを我慢する。

そんな私の反応を楽しむかのように、航は真上から見下ろしたまま人差し指を滑らせる。

その表情は、今まで見たことのないものだ。冷たいようで熱を感じるような、そんな目をしている。

（雄の目……）

そう感じたその時、パジャマの襟から侵入した指が、鎖骨を捉えた。

「航……もういいでしょ」

「もうって、まだこれから」

上から降ってくる声は、とても柔らかい。その声と同じくらい柔らかな運びで、右の鎖骨を撫でられる。端から端まで丁寧に。左側も同じように、ゆっくりと、柔らかに、指先だけで撫で上げられる。

「ん……」

じっくりと鎖骨を味わった一本の指が、喉元から胸元へと下りていく。パジャマの上からではあるけれど、煩いほどに鳴り響く胸の鼓動は、おそらく航にも伝わっているに違いない。そう思うとますます鼓動が激しくなり、苦しいくらいになってくる。

(無理……これ以上はもう……)

航のことは好きだ。好きだけど。

あまりに突然すぎる。ましてやこういうこと自体が久しぶりすぎて、本当にどうしていいのかわからない。

胸の真ん中で一旦止まった指が、再び動き出す。左に向かい、そこにある乳房の周辺をなぞり、円を描くようにして頂点を目指してくる。跳ね除《の》けたいと思いながらも、息を殺してその時を待ってしまう。航の繊細な指先が、無事にその頂に到達してくれることを。

「んぁっ」

眠っていた身体が目覚めるかのように、全身に電流が走った。パジャマ越しに触れられただけなのに、その衝撃は驚くほどに大きく、私を惑わせる。指一本でそっと撫でられる胸のてっぺんが、ジンジンと熱を持っていくのがわかる。パジャマ越しだからこそ、衣擦《きぬず》れで快感が増していくのかもしれない。物凄く混乱している一方で、そんな冷静な分析をしている自分に呆れてしまう。

その間に航の指は、胸から離れてお腹の方へ下りていった。そして——

「ダメ！」

ズボンの中に侵入されそうになり、咄嗟に上から押さえた。でも、航はその手を引かない。

「これ以上ルール犯す必要ある？」

「……ある」

「どうして？」

「特別無料サービス」

「えっ？」

それは、初めて航をここに泊めた夜に私が口にした言葉だ。

「最後だから」

今までありがとうとでも言うように、航はふっと目元を和らげた。

（さっきまで雄の目をしてたのに……）

「あっ！」

気を緩めた瞬間、航の指が下腹部に滑り込んだ。

「隙あり」

ニヤリと笑った航の目に、再び雄の輝きが戻る。

「ずるい」

「ごめん」

「謝るくらいなら――」

「やめない」

「ああっ」

下着から侵入してきた指が、私の一番敏感な所に触れた。瞬間的に航の手首を掴むも、もう遅い。胸に触れられた時とは比べ物にならないくらいの電流が駆け巡り、全身が痺《しび》れる。太ももに力を込め、ぎゅっと足を閉じようとする。でも、既に触れている指先はその場を譲らない。譲らないどころか、ゆっくりと撫でてくる。この三年間、誰にも触れられることがなかった、最も感じやすい小さな粒を。

「んっ、やめ……て」

「やめないって言ったでしょ」

手首を掴んだ手に力を込めて阻止しようとするも、逆にその手を取られ頭上で押さえられた。もう片方の手の、下着の中で蠢《うごめ》く指はそのままに。

「力、抜いて」

唇を噛みしめ、首だけを横に振る。でも、段々と速まる指の動きに、足に込めた力が抜けていってしまう。

「そう、それでいい」

「あっ……んっ」

「ほら、見つけた」

「ダメ……っ！」

言うのと同時に、するりと航の指が滑り込んできた。既に溢れそうなほどに潤っている、私の蜜壺に。

「あ、あぁぁ……」

もう無理だ。抗おうにも抗えない。必死に閉じようとしていた足も自然に開いてしまう。航のあの長くて美しい指を、自ら誘い込むように。

「あったかい。いや、熱いくらい」

自分でもわかる。最初はひんやりと感じた航の指の温度が、今はもう感じなくなっている。自分の熱で温めたのかと思うと恥ずかしい。そんなにも自分の身体が熱くなっているのかと思うと。

それほど私は誰かを欲していたのだろうか。今の生活に不自由も不満もないと思いながらも、実はこうして誰かに触れてほしいと願っていたのだろうか。

そう思ってしまうくらい、今の私は欲情している。

「あっ、ぁぁ……」

繰り返される指の抜き差し。そのリズムに踊らされるように勝手に腰が動き、長く忘れていた快感に全身を支配されていく。

たった一本の指で。

「気持ちいい？」

「ん、んあっ」

「イッていいよ」

くちゅくちゅと小さく響く水音の速度がどんどん上がっていく。いつもゆったりとした動きの航には似合わないスピードで、私の中の指が動いている。

（もうダメ……すごく、気持ちいい……）

頭上で押さえられていた手はいつの間にか解放され、その手でぎゅっとラグを掴んだ。

「我慢しないで」

「あっ……あ、あぁぁぁっ……」

私は弓なりに背を反らし、そして果てた――

（……指一本でイカされるなんて）

突然のキスのあとのまさかの出来事に、頭が追い付かない。何より、彼の指を拒めなかった自分に驚いている。本気で拒もうと思えばいくらだってできたはずなのに。

「大丈夫？」

乱されたパジャマもそのままに横たわる私に微笑む航。柔らかな笑みを湛《たた》えたまま、はだけた胸元やずり下がったズボンを整えてくれる。

「自分でできる……」

「じゃあ水、取ってくる」

放心状態の私を残し、航はキッチンへ向かった。冷蔵庫からペットボトルを取り出す航の背中を、ぼんやりと見つめる。今起きたことを、まだきちんと把握できないままに。

「起きられる？」

「うん……」

戻って来た航に、両脇に手を添えられてグッと引き上げられる。一瞬ビクッとするも、抵抗することなく身を任せた。床に座ったままソファーに背を預けると、航は改めて私を見る。

「可愛かった」

ペットボトルを差し出しながら呟く航の微笑みに、カッと顔が熱くなる。

「だ、だから、お姉さんをからかうなって言っ――」

受け取ろうとしたボトルを頬に優しく当てられた。ヒヤッとした感覚に思わず口をつぐむと、航はそっとボトルを持つ手を引いた。

「からかったつもりはない」

乱れた髪を直してくれながら言うその顔は、もう笑っていない。

「じゃあどういうつもりで――」

お礼のつもり？　と聞く間もなく、抱き寄せられた。

「言ったでしょ、どうせ出て行くならって。それだけ」

（それだけ……）

冷たく響くはずの言葉なのに、なぜだか優しく聞こえた。

もう指一本どころの騒ぎじゃない。すっぽりと包まれるように抱きしめられている私は、全身で航に触れ、触れられている。航の控えめな体温が、じんわりと伝わってくる。

胸が苦しい。ドキドキするのにどこか安らぎも感じ、とにかく熱く胸が締め付けられる。

「じゃあ、行くわ」

耳元で囁《ささや》き、そっと手を解く航。咄嗟にその手を掴んだ私は、再び「ずるい」と呟く。

「こんなことして出て行くなんてずるいよ」

「でもルールを犯した」

「ルールどころか……航は私を犯したんだよ？」

「……」

「指一本なら罪にならないとでも思ってる？」

「……」

「許さないから」

強い言葉が口を衝《つ》いて出た。でもそれは、航を責めるためのものじゃない。

「こんなことしておいて……出て行くなんて許さない」

僅かに首を傾げた航の手を、更にぎゅっと強く掴む。

「罰として、明日のお弁当はびっくりするくらい豪華にすること！」

「え……」

(何言ってんだろ私……。でも)

こうでも言わないと航が出て行ってしまう。それはやっぱり、嫌だ。

「罪には罰が必要でしょ？」

精一杯の虚勢を張って微笑んだ。

唖然《あぜん》としていた航の頬も、ゆっくりとほころんでいく。困ったように、はにかむように。

「……豪華弁当ひとつ、承りました」

ぼそぼそとしながらもどこか和らいだ声で呟いた航は、静かに抱きしめ直してくれた。「行かないで」と素直に言えない私を、ふんわりと優しく、包み込むようにして。

(航……)

「あったかい」

これまで何度となく航が口にしてきたその言葉が、私の口からぽろりと零《こぼ》れた。

4　誰かといる幸せ

「うわ、冬和先輩！　今日のはまた凄い豪華ですね！」

翌日のランチタイム、早速白石さんに突っ込まれてしまった。

「なんすかそれ！」

「キャラ弁？　ていうか、冬和の顔!?」

油断していつものように開いてしまったお弁当は、予想以上に豪華だった。真理恵の言う通り、どことなく私に似た女の人の横顔が、様々な食材を組み合わせて見事に描かれている。

「弟くん天才!?」

「姉貴愛ハンパないっすね！」

「あ、いや、ねぇ……」

後輩男子まで巻き込んでの絶賛に、中途半端な笑みで誤魔化す以外の対応ができない。

（確かにびっくりするくらい豪華にしてとは言ったけど……）

正直ちょっとやりすぎと思いつつ、自分を描いてくれたのかと思うと嬉しくもある。

（航も楽しんで作ったのかな）

黙々とこれを作っている彼の姿を想像すると、誤魔化すための笑みも自然の笑みに変わっていく。

「じゃ、ランチ行ってくるね」

「うん。いってらっしゃい」

「ゆっくり味わってくださいね、豪華キャラ弁」

「俺も今度彼女に作ってもらお！」

彼らを笑顔で見送り、箸をつけるのが勿体ないくらいの見事なお弁当を食べ始めた。工夫を凝らした食材の配置を楽しみながら。もちろんしっかりと味わいながら。

（やっぱり美味しいな、航が作るご飯は）

お弁当のみならず、朝食も夕食も、ちょっとした軽食も、どれも本当に私の胃袋を満足させてくれる。そんな彼の料理を味わえるのも、あと三日を残すのみとなるところだった。

でも、まだもう少し、航との同居生活は延びることになった。

（思い切って言ってみてよかったな……）

食べかけのお弁当を見つめ、昨夜のことを思い出す。

＊　＊　＊

「ん……」

抱きしめ直してくれた航が、再び優しいキスをくれた。私の口から零れた「あったかい」という言葉を、そっと受け止めるように。

（このキスの意味は何だろう？）

そんな風に思いながら目を閉じた。でも、意味や理由なんてもう、どうでもいい気もしている。

航がそうしたいからしている。そう思って、それを受け入れる。それで十分だと思う、航がいてくれるなら。

「バイトに慣れるまでいていいから」

さっきより長いキスを終え、私は改めて言った。

「残り三日だけじゃなくて？」

「部屋が見つかるまで店に寝泊まりなんて、やっぱり良くないよ」

「けど」

「前借りだって、できればしたくないでしょ？」

店長の厚意だとしても、そこに頼らざるを得ない航のことを思うと気の毒になる。

「じゃあ……初任給もらうまで」

「うん。そうしてほしい」

航は「店長に伝えとく」と言うと、ありがとうの代わりなのか、もう一度キスをくれた。ほんの一瞬だけ、そっと軽く。

（甘いな……航のキスも、航に対する私も）

そんな自覚を持ちながら、航との生活がまだもう少し続くことに、心から安堵していた。

＊　＊　＊

確かに甘いかもしれない。けど、間違った選択ではないと思っている。航が出て行ってしまうのは寂しいし、美味しいご飯が食べられなくなるのも悲しい。それは正直な気持ちだ。でも、それだけで彼を引き止めたわけじゃない。自立しようとしている航を応援したい気持ちがあるからこそ、住む所もないまま追い出すようなことはしたくなかった。店に寝泊まりするくらいなら、このままここにいればいい。このままここで、次のステップに上がる航を見届け、見送りたい。純粋にそう思ったのだ。

（料理の腕、また上げちゃうんだろうな）

新しいバイト先で頑張り、盗んだ技を披露してくれる日を楽しみに待ちたい。その日を想像するだけで胸がわくわくする。

（今日は何作ってくれるのかな）

今日も帰れば航があの部屋にいる。

キッチンから「おかえり」と声を掛けてくれる。

そう思うだけで、体温が一度上昇するかのように気持ちが華やぐ。

これはもう、完全に恋をしている証拠だ。

（三年ぶりの恋……）

あの日以来、人を好きになることに臆病になっていた。一人に慣れ、幸せでも不幸でもない現状維持が一番。そう思うことで自分を誤魔化してきた。でも、もう誤魔化せない。航が好きだという気持ちも、今の生活がとても愛《いと》おしいということも。

航が作った豪華なお弁当を食べながら、改めて噛みしめる。好きな人がそばにいてくれる幸せを。

その現実が、正直まだどこか信じ切れない気もしているけれど。それでも、私の心はとても穏やかで、満たされていた。

「店に連絡した？」

帰宅後、航が作ってくれた回鍋肉《ホイコーロー》を食べながら聞いた。甘味噌《あまみそ》が絡むシャキシャキのキャベツと豚肉がとても美味しい。

「店での寝泊まりも前借りも断った」

まだ暫く友だちの家に世話になると告げ、バイト開始は予定通り月曜日からと決まったとのこと。

「ごま油を入れるタイミング早かったかな」

「ん？」

「風味イマイチ」

「そう？　十分美味しいけど」

「タイミングより温度？　いや豆鼓《とうち》の問題か。てか五香粉《ごこうふん》入れすぎか？」

（トーチ？　ゴコウフン……？）

バイトの話などそっちのけで呪文のようにブツブツと言う航を見て、ふと思いつく。

「ねえ、明日中華街に行ってみない？」

「え？」

「今の謎、解けるかも」

「……なるほど」

グレーの瞳がキランと輝いた。料理に関することには素直すぎるほどに反応がはっきりしている。

「バイト先の店長に聞いてもいいと思うけど」

「いや、行く。中華街」

「うん。じゃあそうしよう」

思いつきで言ったことではあるけれど、航と一緒に出掛けられることになった私は、思わず笑顔になった。

「久しぶりだな〜、中華街」

異国情緒溢れるこの一角は、ちょっとした旅気分を味わえる。煌《きら》びやかな装飾が施された門をくぐり抜け、あちらこちらからいい匂いが漂い、歩いているだけでも楽しい。でも航は、やはり料理のことで頭がいっぱいの様子だ。

「ここ見てく」

メイン通り沿いにある中華食材の店に、航は入っていった。

「すげー種類」

ずらりと並ぶスパイスに目を輝かせ、片っ端から手に取っていく航は、おもちゃ屋ではしゃぐ子どものような顔つきになっている。

「中華街は初めて？」

「うん。一度来てみたいと思ってた」

「そっか。なんか楽しいよね、ごちゃごちゃしてて」

軽く応じながら、やっぱり地元のコではないんだな、と頭の中で思う。だからといってそれ以上詮索する気はない。今日はただこの時間を楽しみたい。

「どれか買っていく？」

「うーん、その前に舌で感じたい」

「シタ？」

聞き返すと、航はべーっと出した舌を指差した。

「つまりは食べたいってことね！」

返事の代わりに航が笑顔を見せると、背後でざわざわと声がした。可愛い、とか、イケメン、とか。

航の笑顔にドキッとしたのは、私だけではなかったらしい。いつか買い物に連れ出した時のように、航はいつの間にか視線を集めてしまっている。

「……」

航も気付いたのか、不意に動きが止まった。ついさっき見せた笑顔が嘘《うそ》のように、眉間に嫌悪感を漂わせて。

「行こ」

「えっ」

容赦のない視線から逃げるようにして、航が店を出て行く。私の手をさっと握って。

（手、繋《つな》いでる……）

何の前触れもない接触に、一気に鼓動が高鳴った。

そのまま手を引かれ、ぶら下がる北京《ペキン》ダックを横目に人混みの中を進んでいく。

航の手は相変わらずひんやりと冷たい。なのに、私の身体はじんわりと熱を持っていく。

（冷たさを感じて熱くなるなんて……）

おかしな身体だと思いながら、繋がれた手にそっと力を込めた。

（これって、デートって言えるのかな……？）

キスもして、指まで挿入され、このタイミングでの手を繋いでの中華街散策は、普通に考えればデートだと思う。おそらく普通は、中華街、キス、指、の順番だとは思うけれど。

「ここにしよう」

メイン通りから外れた所にある店の前で、航は足を止めた。手はまだ繋がれたままだ。

「この店、回鍋肉が美味しいらしい」

「へぇー」

「昨日ネットで調べた」

「そうだったんだ」

今日を楽しみにしていたのかと思うと、なんだか嬉しくなる。たとえそれが料理への探求心によるものだとしても。

「ちゃんと舌で確認しなきゃだね」

「うん」

頷いた航が手を離した。一瞬寂しく感じるも、航は店の扉を開け、エスコートするように押さえていてくれる。どうぞと言わんばかりに私を先に行かせる姿は、れっきとした紳士の様相だ。

（さすが元ホスト？）

なんて思わなくもないけれど、悪い気はしなかった。

メイン通りにある店と違って小ぢんまりとしたその店は、意外なほど混んでいた。航は念願の回鍋肉を頼み、ひと口ひと口噛みしめるように食べている。

「どう？　何かヒントありそう？」

「やっぱりスパイスだな」

「何が入ってるかわかるの？」

「だいたい予想つく」

「すごいね」

『舌で感じたい』と言うだけある。

「そっちはどう？」

私が注文した卵ときくらげの炒《いた》め物を見て航が聞いた。

「これも美味しい。ふんわりとした卵とコリコリしたきくらげのミスマッチな食感が最高」

「卵好きだよね」

「あー、うん」

意外な言葉にちょっと驚いた。卵料理が好きなことは事実だけど、航がそれに気付いているとは思っていなかったから。

「トロトロ卵の親子丼とか、大好き」

『鶏テツ』の話もしつつ、航が私の好みに興味を持ってくれたことに笑顔が止まらなくなる。

「帰りにさっきの店寄ってく」

「買うスパイス決まったんだね」

「決めた」

迷いなく言った航は、残りの回鍋肉を研究者のごとく深く味わっていた。


週が明けて月曜日、順調に一日の仕事を終える。

(よし、いい感じに片付いた!)

パソコンをシャットダウンし、書類や文具を定位置に戻して帰り支度を整える。

「あれ、今日は冬和、定時帰り?」

通り掛かった真理恵に珍しそうに言われ、苦笑する。

「私だって定時で帰ることくらいあるよ」

「そうですよー。そんな仕事人間みたいな言い方、失礼じゃないですか」

白石さんが援護してくれるも、『仕事人間』に例えられ、浮かべた苦笑に更に苦みが増した。

「いや、なんか楽しそうだなって」

「私が？」

「えー、冬和先輩、何かあるんですか？」

「ううん。別に何があるってわけでもないんだけど」

ただ今日は航のバイト初日。だからなんとなく気になって早く帰りたいだけだ。

「じゃあ、お先にね」

「お疲れ様です」

「お疲れさま〜」


真理恵たちに見送られ、久しぶりに定時で会社を出た私は、足早に駅へと向かう。初日はランチタイムのみの勤務だと言っていたので、航は既に帰宅しているだろう。

(初出勤祝いに何か買っていこうかな？)

そう思って駅ビルのスイーツコーナーに足を向けた時だった——

「え……」

思わず小さな声が漏れ、踏み出しかけた足が止まった。視線の先に、見覚えのある人を見つけて。

(……悠馬《ゆうま》？)

まさかと思いつつ、その名が頭に浮かんだ。ショーウィンドウの中のスイーツを選ぶ横顔が、私に三年の空白をもたらした元カレに似ている。けど彼は今、日本にはいないはずだ。

（他人の空似ってやつかな……）

そうに違いないと思いながら踵《きびす》を返す。本人かどうか確かめる必要もないし、もし本人だとしても話すことなどない。

（……私にはもう、待っている人がいるんだし）

航へのお祝いだって、何もここで買う必要はない。

（そうだ、あのプリンにしようかな？）

マンションの下のコンビニで売っているプリンは、彼のお気に入り。

ダイニングの椅子で体育座りをして頬張る姿が脳裏に浮かぶ。

（うん、そうしよう！）

そうと決まれば急がなければ。売り切れてしまったら大変だ。

駅ビルの中を抜け、改札へと向かう。

（早く航に会いたい）

ただその思いだけを募らせて、航が待つ家へと急いだ。


「ただいま」

「早いな」

下のコンビニで買い物を済ませて帰宅すると、航はいつものように夕飯の支度をしていた。

（バイト初日で疲れているだろうに……）

「今日は残業なしだったの」

「そっか。おめでと」

「それは私が言うセリフだよ」

ん？　という顔をした航に、買ってきたプリンを差し出した。

「就職祝い。初出勤おめでとう」

「……コンビニ」

ぼそっと呟くも、まんざらでもない顔をしている。

（よかった、選択間違ってなかったかも）

「今度ちゃんとしたお祝いするね」

「これで十分。あとで食べる。先にメシ」

「うん、着替えてくる」

ほのかな和風だしの匂いを感じながら、手を洗いに行った。着替えも済ませてリビングに戻ると、テーブルの上には既に夕飯がセットされている。

「わ、トロトロ卵の親子丼！」

「こんな感じ？　この前言ってた、えっと……」

『鶏テツ』？」

「あ、それ」

私が熱く語っていたからと、再現してみたらしい。

「ありがとう！　嬉しい」

「礼なら食べてから」

「そうだよね」

でも私は、航の気持ちにお礼を言いたかった。私のどうでもいいような、ただ話の流れで言っただけのことを覚えていてくれたことが嬉しくて。

「いただきます」

手を合わせて言うと、鮮やかな黄色の上に緑の三つ葉が眩《まぶ》しい熱々の親子丼を一口、口へ運ぶ。

「ん～っ！　これはまさに『鶏テツ』の味！　美味しい！」

「……ふっ」

思わずがっつく私を見て、航は小さく笑った。

「ごめん、行儀悪いね」

「ウマそうに食べて何が悪い？」

「……だよね」

頬張ったまま微笑むと、航も自作の親子丼を食べ始めた。だしの加減はこれくらいでいいかとか、卵の半熟具合はベストかとか、相変わらず研究熱心な質問をしながら。

（こういう時の航の顔、好きだな……）

不安と期待が入り混じったような、それでいてどこかわくわくしているような表情が可愛い。

「ん？」

「あ、だしも卵も完璧です！」

見惚れていたことを誤魔化すように言うと、航はまた小さく笑った。

「ありがとう。本当に美味しかった」

例によってぺろりと平らげた私は、改めてお礼を言った。

「これからは毎日は作れなくなる」

「それは気にしないで。今日だってバイト初日だったんだし、無理しなくてよかったのに」

「作りたいから作っただけ」

「ならいいんだけど」

相変わらずそっけない返しではあるけれど、航がそう思って作ったものが私の好物の再現だったことが、やっぱり嬉しい。

「バイトはどうだった？」

「まだ何とも。大将はいい人っぽい」

それを聞いて安心する。職場環境の良《よ》し悪《あ》しは、上司など上に立つ人によって大きく左右される。航がそう感じる人が店長なら、きっと大丈夫だ。元々、前借りや店への寝泊まりなど、航の事情を酌《く》んでくれたような人なわけだし。

「シフトはどんな感じ？」

「月火水金土の週五日。木日が休み」

（ということは、休みが合うのは日曜日だけか……）

少し残念に感じるも、その分、休日の過ごし方を充実させたいと思う。

店の営業は午前十一時から午後十一時まで。ただし仕込みや後片付けなどもあるため、バイトは午前八時から翌零時まで。よって遅番早番のシフトもあるという。

「明日はどっち？」

「早番。八時から夕方五時半」

遅番は午後三時から午前零時までとのことなので、帰りは深夜になる。

「弁当は毎日作る」

「いいよ！　たまには外で食べたい日もあるし」

「そういうもの？」

「そういうものです」

「そっか」

ホッとしたようにも、残念そうにも見える顔で言うと、航は夕飯の後片付けを始めた。

その背中を見ながら改めて思う。あのまま航を追い出さなくてよかったと。

（やっぱり航がいてくれるからなんだな……）

こういう何でもない時間に安らぎを感じたり、元カレに似た人を見かけても意外なほど動揺せずにやり過ごせたのも、きっとそういうことなのだろう。

とにかく早く帰りたいって思った、航が待っているこの場所に。

「私も手伝う」

決して広くはないキッチンで、二人並んで後片付けをする。航が洗った食器を私が拭いて、食器棚へしまっていく。その棚の上には、いつの間にか増えたスパイスや調味料の瓶が、まるで背の順に並ぶ小学生のように可愛く並んでいる。私のクセを踏襲するかのように。

「高さを揃えてあるの、気付いた？」

「ラベルも正面に向ける」

「そう。なんかそういうの揃ってないと落ち着かなくて」

「知ってた」

愛想のない、でも親しみを感じる返しに頬が緩む。

「バイト、慣れるまで大変だと思うけど、頑張ってね」

「うん」

短く小さな頷きに、彼を支え応援したいという気持ちが、更に大きく膨らんだ。


それから数日後の金曜日。航が帰ってきたのは午前一時を過ぎた頃だった。

「遅くまでお疲れさま」

「寝てていいのに」

「そろそろ寝ようかなって思ってたとこ」

気を遣わせたくなくてそう言うと、航は「風呂入ってくる」と呟いて浴室へ消えた。

（大丈夫かな……若いとはいえちょっと心配）

口数が少ないのはいつものことだけど、やはりだいぶ疲れている様子だ。昨日は休みだったけど、その前の水曜日も深夜帰りだった。まだ慣れないこともあり、神経も相当に使っているに違いない。

航を待ちながら読んでいた本を片付け、寝室のベッドを整えに行った。今夜は航をベッドで寝かせてあげたいと思いながら。布団はあるものの、あくまで簡易的なマットレスのみだ。疲れた身体を癒《い》やすには、やはり床よりベッドの方がいい。


ベッドを整え終えてリビングに戻ると、航がお風呂から出てきた。

「早いね」

「シャワーだけにした」

湯船に浸《つ》かった方が疲れが取れるのに。けど、お湯に入ることすら面倒くさく感じるほど疲れているのだろう。

「お水飲む？」

「うん」

冷蔵庫からペットボトルの水を取り出し、コップに注いで渡す。バスタオルを頭から被ったままの航は、ゴクゴクと音が聞こえてきそうな勢いで飲んだ。

「ごちそうさま」

空のコップを受け取った私に律義に言うと、航はいつものようにリビングの床にマットレスを敷き始める。

「よかったらベッド使って」

『なんで？』という顔で航が振り返る。

「その方がぐっすり眠れるでしょ」

コップを洗いながら言うも、あっさり「いい」と一言だけ返された。

「でもそれじゃ疲れが取れないし、今夜は私がリビングで――」

キッチンから出て近づく私の手首を、突然航が掴んだ。同時にドキッと鼓動が跳ね上がる。

「なら一緒に床で」

「えっ」

　掴まれた手をグッと引っ張られ、ぐらりと身体が傾く。そのまま航に支えられるようにして、布団の中に引き入れられてしまった。

「今夜はリビングで、でしょ？」

「そ、そういうことじゃなくて……」

「この方が休まる」

　そう言って航は、私を抱きしめた。

（航……）

　跳ね上がった鼓動は連続的に鳴り響くようにその強さと速度を高める。航に包まれるのは、あの『指一本』の夜以来だ。

（あの時は戸惑いしかなかったけど……）

　もちろん今も戸惑っている。心臓だって破裂しそうな勢いで高鳴っている。けど、あの時には感じられなかった航の匂いや温《ぬく》もりが、今ははっきりと感じられる。そしてそれらに包まれていることを、私の心と身体は、喜びとして感じ取っている。

「まだ生きてる？」

「え……？」

「あのルール」

航も『指一本』のことを思っていたらしい。

「出て行けとは言わないけど……」

「けど？」

「この前みたいなことは……」

「NG？」

甘さを含んだ声で問われ、曖昧に頷いた。

「もう寝ないと」

週末を迎えた私とは違い、航は明日も仕事だ。それも早番なのだから、甘い夜更かしをしている場合じゃない。

なんて、そんなのはただの言い訳で、これ以上進む勇気がないだけだ。

「わかった。おやすみ」

素直な返事と共に、おやすみのキスをされた。重なる唇に驚くこともなく、目を閉じた。いつか悪戯《いたずら》っぽく『おやすみのキスは？』と問われて慌てたことを思い出す。あれから一ヶ月が過ぎた今、まだ戸惑いながらも、こうして自然と航のキスを受け入れている。

「ん……」

おやすみのキスにしては長く、だんだんと深まっていく。やがて熱く柔らかな物体が唇を割って入ってきた。私の歯列を確かめるかのようにゆっくりと動く航の舌は、そのままやや強引な力で口

の中へと侵入する。戸惑い、所在なげにしている私の舌を、航のそれが優しく巻き込むようにして絡め取る。互いの熱を感じ取るように絡み合う舌は、滑らかに、じゃれ合うように、甘美な動きを繰り返す。

「んん……」

思わず声が漏れた瞬間、唇が離れた。

「ごめん……やっぱ無理」

「え……」

キスが深すぎたことへの謝罪かと思ったら、航はいきなり覆いかぶさってきた。至近距離で私を見下ろす航は、いつか見た雄の目をしている。『欲しい』そう訴える目だ。獲物としてロックオンされた私は、熱を帯びたグレーの瞳を真っすぐに見つめる。そんな私の目も、航と同じように欲望をむき出しにしているかもしれない。そう思うくらい、気持ちが昂《たかぶ》ってくる。

「……私も」

あんなキスをされたら、好きな人にそんな目で見つめられたら、私だって無理だ。ここでやめるなんて。

「NG撤回？」

「んっ」

頷く前に、再び唇を塞がれた。さっきとは違う荒々しさで、貪るように舌を絡ませ、息つく間もないくらいに激しく吸われる。

（苦しい……）

けど嬉しい。航がこんなにも熱くなって自分を求めてくれることが。

「航……」

キスの隙間から漏れる声で、その名を呼んだ。『私もあなたが欲しい』抑えられないその気持ちを伝えたくて。

「ん……」

唇から離れたキスが、首筋に移動する。舌先で舐《な》めるようになぞられ、そのまま耳まで這《は》い上《あ》がってくる。航の息遣いを間近に感じ、耳たぶを優しく食《は》まれ、ゾクゾクとした甘い悪寒が込み上げてくる。

「んん……」

耳元をくすぐられながらパジャマのボタンが外され、反射的に胸元に手を当てた。

「どけて」

「……」

無言のまま首を横に振る。この前は乱されるだけで脱がされはしなかった。全てを見られるのは初めてだし、恥ずかしい。

「それじゃ見えない」

「……見なくていい」

「無理言うなよ」

小さく笑って言うと、航は優しい力で私の手を剥《は》がした。地味なナイトブラだけの姿を晒し、カッと顔が熱くなる。

「全部見たい」

静かに、でもはっきりとした声で言った航は、脱がしかけたパジャマの袖を引き抜いた。私は抵抗する意志さえも抑え込まれたように、ただなすがままになってしまう。頭の隅で、もっとお洒落な下着にしておけばよかったなどと思いながら。

そんな後悔をしているうちに、地味なブラもするりと取られ、あれよあれよという間にショーツ一枚の姿になっていた。そしてその姿を、航がまじまじと真上から見下ろしている。おとなしかった飼い猫が野性を取り戻したかのように、飢えを忍ばせた眼差しで。

「……そんなに見ないで」

「隠すことない。綺麗、すごく」

言いながら、航も着ていた部屋着を脱いだ。初めて彼をこの部屋に入れた夜に、あまりの美しさに呆然と見つめてしまったあの裸体が目の前に現れる。

「航も……綺麗、すごく」

あの夜と同じように胸の鼓動が騒がしい。でも、あの時は未知のものに対する緊張と警戒、そして美しさへの恐怖にも似た狼狽《ろうばい》によるドキドキだった。今はそれとは違う。好きな人と肌を重ねることへの喜びと緊張で、この胸は高鳴っている。とはいえ、やはり少し怖い。

（……久しぶりすぎて）

「んっ……」

ゆっくりと近づいてきた航の唇が、再び私のそれと重なった。軽やかについばむようなキスを何度か繰り返していると、航の右手が左の乳房を包み込んだ。

「柔らかい」

「んん」

優しく、時に強く、緩急をつけて揉《も》みしだかれる。パジャマの上からではなく、直《じか》に感じる航の手の感触に更に鼓動が激しくなる。左の乳房を揉まれながら、右の乳房にキスされた。そのキスが、チュッチュと愛らしい音を立てながら先端へ近づき、やがて到達する。

「あんっ」

自分でも恥ずかしくなるような甘い声が漏れてしまった。でも、そんなことを気にしていられなくなるほど、その刺激はどんどん大きくなっていく。航の口に含まれた乳首は、舌先でコロコロと転がされ、つんとつつかれては優しく食まれる。

「やっ、んっ、んんっ」

与えられる刺激にいちいち快感が走り、どんどん身体が熱くなってくる。

「こっちも」

「あぁっ」

揉みしだかれていた左の胸の先端も、二本の指で摘《つま》まれた。人差し指と親指で、クリクリと擦られるように弄ばれる。

「んんぁ」

右は舌、左は指で乳首を責められ、意志とは関係なくビクンビクンと身体が跳ねてしまう。

（どうしよう……胸だけでこんなになるなんて）

長いブランクのせいなのか、戸惑うほどに反応してしまう。

「この前も思ったけど」

「んっん……？」

「感じやすいよね」

ふっと小さく微笑まれ、顔から火を噴きそうになる。

「……こ、こういうこと、久しぶりだから、かな」

「久しぶりってどれくらい？」

聞きながらも、航は指先を休めずに乳首を責め続ける。

「半年？　一年？　もっと？」

「んっ」

「答えて」

「……三、年……」

「へぇ、それでこんなに」

「あっ！」

意地悪な囁きと同時に、航の指がショーツの上から割れ目を撫で、更にその上にある粒に触れた。

「すごいね」

もうびしょびしょ、とでも言いたげな航は、身に着けていた最後の一枚も私の足から引き抜いた。

「あ、あああっ……」

直接触れられた小さな粒が、ぬるぬるとした蜜を纏《まと》った指で刺激される。

「やっ……んんっ、あぁっ」

擦られた粒が少しずつ硬くなっていくのがわかる。航は十分にそれを転がすと、その下にある花弁の奥に指を滑り込ませた。

「んっんんっ……あぁっ」

ゆっくりと出し入れされ、自然と腰が浮いてしまう。

「まだ指一本なのに。あ、でもこの前もそれだけで——」

「いや、言わないで」

それだけでイッてしまったことは、自分でも忘れたいくらいに恥ずかしい。

「可愛かったのに。だから今日はもう一本」

「え？　ああっんっ」

航の長い指が更にもう一本、私の中に差し込まれた。人差し指と中指、いや中指と薬指？　どちらにしても当然のことながら一本の時より刺激が大きい。響く水音もこの前より大きく、耳を塞ぎたくなるくらい卑猥《ひわい》な音に聞こえる。

「どんどん溢れてくる」

「だからもう、そういうこと……」

言わないでと言うのも恥ずかしくて、顔を横に背けた。どうやら航はこういう時、Sっ気を発揮するらしい。静かな声で発せられる意地悪な言葉に煽られ、私の身体はますます自制が利かなくなっていく。

「そろそろいい？」

身体の準備はできている。心の準備も、なんとか。ただ——

「ちゃんとつける」

「……」

不安を読み取られたかのように言われ、航の顔を見られないままコクンと小さく頷いた。それを見届けた航は、ゆっくりと私の中から指を抜くと、自身も下半身に残された衣服を全て脱ぎ捨てた。そして床に置かれたバッグを手繰り寄せ、そこから取り出した避妊具を素早く股間に装着する。

（用意してたんだ……）

それを気遣いと取ればいいのか、用意周到と取ればいいのか。などと思っているうちに、優しく足を広げられた。羞恥心でどうにかなりそうな私の股間に、硬くなった航の芯が押し当てられる。

航はその先端をそっと上下に擦りつける。そこに溢れる愛液をたっぷりと纏わせるようにして。

「いくよ」

小さな囁きのあと、ゆっくりと航が入ってきた。初めてこの部屋に入った時のように、少し遠慮がちに、注意深く、こちらの様子を密かに窺《うかが》うような慎重さで。

「んっ、あぁ……」

長く閉ざされていた扉を押し開けられる感覚に、喜びとも恐れとも言えるような感情が湧き上がってくる。緊張と期待が入り混じり、興奮と羞恥が交錯し、思考がままならない。

（熱い……）

じわじわと広げられる内壁が、熱の塊となった航の芯部を包み込む。彼の体内にこれほどの熱を蓄える力があったなんて、信じられないほどに熱く感じる。内部からその熱に煽られ、私の体温もどんどん上昇していく。

「ん、んぁっ」

「すご……」

思わず下腹部に力が入り、無意識のうちに彼を締め付けてしまった。

「くっ」

「ご、ごめん……どうすれば……」

緩めようと思って力を抜こうにも、身体が言うことを聞かない。

「大丈夫、そのまま。もっと、いくよ」

「んんっ……あぁ」

熱せられた肉棒が、締め付ける力に抗いながら奥へ奥へと突き進む。溢れる蜜を潤滑油にして、そろりそろりと、それでいて力強く。

「あ、あ、あぁ、あっあっ……」

やがて静かなピストン運動が始まった。そのリズムに乗って声が漏れ、否《いや》が応《おう》でも腰が動いてしまう。動けば動くほど快感が増し、更にきつく締め付けてしまう。私の中で凛々《りり》しく反り立つ、航の熱い鉄杭《てっくい》を。

「いいっ……すごく」

「航……」

ゆったりとした緩やかな波に揺らされながら、航の背中に手を回した。抱き付くように、しがみ付くように、ぎゅっと強く抱きしめる。その身体も、航とは思えないほどに熱くなっている。

「もうダメ……私……」

「まだ、もう少し」

航の腰の動きがどんどん速くなる。緩やかだった波が徐々に荒れていくように、勢いと激しさを増していく。もう既に奥まで届いていたかと思われた航の熱い屹立《きつりつ》が、更に奥深くまで突いてくる。

「あっ、いああっ、んん、っ……あぁぁ」

「……くっ」

「んあっっ！」

吐息のような航の小さな叫びと共に、ズン！　という衝撃が私の身体を揺さぶった。その瞬間、頭の中が真っ白になり、私は大きく身を反らす。

「はぁぁっっ、コ、ウ……」

彼の名を口にしながら、意識が飛んでしまいそうになった。

こんなにも身も心も昂ったのは、三年ぶりだったせいなのか、相手が航だったからなのか。前者も要因のひとつではあるかもしれない。けど、後者であることの方が圧倒的に大きい。それがわかっているからこその、この満足感と幸福感なのだろう。

ハァハァと肩で息をしながら、ぼんやりとした視界の中にいる航を見つめる。

「大丈夫……？」

柔らかな声の響きが、耳に心地よく届いた。

「……大丈夫」

（ただ、どうにかなりそうなほど気持ちよかっただけだから……航に、愛されて）

そう言葉にはできず、口元だけを緩めた。その唇にそっとキスが落とされる。

「すげーよかった」

「……私も」

ストレートな言葉に、そう返すのが精一杯だった。でも本当に、すごく気持ちよかった。これまで経験してきたどの時よりも、深く、熱く、痺れるような快感を味わった。

そんな私に、航はそっと優しく微笑みかけてくれた。


「もういい加減寝なきゃね」

事後、お互いの身体の熱が抜けて再びパジャマを身に着けても、私は航の布団に入ったままだった。初めて感じる航の汗の匂いが、新鮮に感じる。私もそうだけど、航も汗だくになるのは苦手そうだった。

「早起き、頑張らないと」

朝いちでシャワーを浴びると言う航は、自信なさげに呟いた。そのおでこに、ちゃんと起こしてあげるからと、小さなキスを落とした。

（たぶんこういうことなんだな）

頭の中で呟く。そのあとに続く『誰かといる幸せって』という言葉と共に。

長く忘れていたし、自分にとってはもう縁遠いものでしかないと思っていた感情が、当たり前のように、ごく自然に湧いてきたことに胸が熱くなる。そして、私は航が好きだと、改めて実感した。

（でも航は……どう思ってるんだろう？　私のこと）

事の最中、綺麗とか、可愛いとか、すごくいいとか、そういうことは言ってくれたけど。

好きという言葉はなかった。

（それは私も言ってないかもだけど……）

でも、名前すら呼ばれた覚えはない。私は何度も「航」と口にしていた。無意識に、自然と零れてしまっていた。好きな人に、航に抱かれていることが嬉しくて。

（けど航はそうじゃない？）

そもそも普段から名前で呼ばれたこと自体がない。いつも『ねえ』とか『そっちは』とか、そんな呼びかけばかりだ。

「どうかした？」

「……ううん、別に」

覗き込まれた顔を隠すように布団をずり上げた。

（どう思ってる？　なんて聞けない）

ましてやどうして名前を呼んでくれないの？　なんて聞けるわけもない。

中学生じゃあるまいし。と、布団で隠した顔に自嘲が浮かぶ。

（人を好きになると、こういう不安や心配も増えるんだよね）

それも恋の醍醐味《だいごみ》といえばそうかもしれない。そう思いながら、布団の中で航を見上げた。

「明日、店に行ってもいい？」

初めて結ばれた記念すべき日の翌日に、自分だけが休みだと思うと少し寂しい。

「別にいいけど」

「じゃあ、お昼頃に行こうかな」

友だち誘って行くと告げると、航は「うん」と呟いて目を閉じた。そのおでこに、私は再びキスを落とした。「おやすみ」と小さく囁いて。


——翌日。

「珍しいね、冬和がラーメン屋に誘ってくるなんて」

「ふと思い立ってね」

理香子を誘うと快く承諾してくれ、一緒に航のバイト先にやってきた。が、店に入ろうとしたその時、すぐ脇の路地の方から「帰れよ」という声が耳に届く。

（航……？）

路地を覗くと、店の勝手口前で航と若い女の子が対峙《たいじ》していた。

（誰……？）

ドキッというよりも、ざらりとした感覚が胸に広がる。

「こんな所で何してんの!?」

「だからバイト」

航と同じくらいの歳だろうか、学生っぽい女の子は興奮気味に航に詰め寄っている。

「聞いてるのはそういうことじゃない！」

「じゃあ何」

「なんで急に消えるかな！」

「別に消えてないけど。現に今ここにいるし」

（消えるって……）

どういうことかもわからずに、心がざわつく。

「修羅場？」

「……かな？」

理香子の言葉に、曖昧な笑みを浮かべた。なんていうか、見てはいけないものを見てしまった気がして。

「今日はやめておこうか」

「え、なんで？」

「なんか揉めてるみたいだし」

踵を返し、その場から立ち去ろうとした時だった――

「冬和！」

（えっ）

耳に届いたのは航の声だった。でも、驚いたのはそのせいじゃない。

（今、名前で……）

固まる私の横で、理香子も目を丸くしている。

「待ってた」

近づいてきた航が私を見て言った。

「入って」

「でも……」

「何でもないから」

勝手口の方へ目を向けようとする私の視線を遮るように、航が立ちはだかる。まるで、見られたくないものを隠すかのように。けど女の子は、お構いなしに後ろから追いかけてくる。

「まだ話終わってない！」

航の服を引っ張った彼女は、必死の形相で訴えた。一瞬だけこちらに視線を投げつけて。その鋭さにドキリとする。

「……また今度にするよ」

この状況で呑気《のんき》にラーメンを食べる気にはなれない。

「大丈夫、気にしないで」

いつものように静かな声で言うと、航は店の扉を開けた。

「冬和、入ろう」

迷う私の背中を押すように促す理香子に、航が「いらっしゃい」と小さく微笑んだ。その顔に一瞬ポーッとした理香子は、「どうも」と照れたように笑って私の手を引いて店に入った。そのあとに続く航の背中に女の子が叫ぶ。

「ちょっと航！」

「話すことないから」

抑揚のない声で言い捨てた航は、そのまま扉を閉めた。その冷めた声も行動も航らしいといえば航らしい。けど、事情はどうあれ、外に残された女の子のことを思うと、さすがに少し気の毒に感じる。

「好きなの注文して。どれもウマいから」

そう言い残し、航は厨房へと入っていった。

「お騒がせしてすみません」

「いいよいいよ、若いんだから！」

頭を下げる航に豪快な笑顔を見せた人が、航が大将と呼ぶ店長だろう。

「綺麗なお客さん二人も呼んでくれたんだし。ねえ！」

私たちにも笑顔を向けてくれた大将のおかげで、場の空気はそれほど悪くならずに済んだ。


「マジで修羅場だったみたいね」

大将お薦めの『九条ネギたっぷりラーメン』を食べながら理香子が言う。

「あれは別れ話のもつれかな」

「そうかもね」

さらっと流すように返すも、内心ドキドキが止まらずにいた。あの子の存在が気になるのもそうだけど、それ以上に、初の『冬和呼び』に私の心はまだ揺れている。

昨夜の濃密な時間には呼ばれなかったのに。

「あの子、一旦は引き下がったけど、まだ諦めてないと思う」

「どうなんだろうね」

「そんな他人事《ひとごと》みたいに。彼なんでしょ？」

「えっ？」

「冬和を綺麗にしたのは」

「いや、それは……」

どう答えようか迷う。けれど、この状況ではもう、どんな誤魔化しも利かないだろう。『冬和呼び』も聞かれているわけだし。

「実は一緒に暮らしてる……」

「え？　同棲《どうせい》!?　いつの間に!!」

「ちょ、聞こえるよ」

厨房で背を向ける航に視線を向けて言うと、理香子は「ごめん」と手を合わせた。そんな彼女に、声を潜めてこれまでのことを簡単に説明した。

「落ちてたんじゃん、恋。そんなことあるわけないとか言って」

「まあ……結果的にそうなったっていうか」

「道端で拾ってそのままって……しかもあのイケメン。おまけに九歳下って。サプライズてんこ盛りすぎてもうお腹いっぱい！」

胃の辺りを摩《さす》りながら言うも、私が誰かを好きになる気持ちを思い出してくれて嬉しいと、理香子は喜んでくれた。

「でも、気を付けなよ。何かわけありみたいだし」

しっかりと釘も刺された。

何者かもはっきりしない上に、先ほどの女の子とのトラブルを目の当たりにしたのだ、手放しで祝福できないのは当然だろう。

「そうだね、気を付けるよ。ありがとう、心配してくれて」

笑顔で返す私に、「応援はしてるから」と理香子も微笑んだ。その肩越しに、厨房に立つ航の背中が見える。

（また聞きたいことが増えちゃったな）

あの女の子のこと、そして突然の名前呼び。

帰ったら聞いてみようと思いながら、理香子とラーメンを味わった。

理香子と別れ、夕方には帰宅した。早番の航もそろそろ戻る頃だろう。そう思っている矢先にカチャッと玄関の鍵が開く音がして、航が帰ってきた。

「おかえり。バイトお疲れさま」

「ただいま」

上着を脱ぎ、ダイニングセットの椅子に座る航。その顔は、やはり少し疲れているように見える。土曜日で昼間から店が混んでいたのもあるだろうけど、あの子とのことで心労も？　などと勘ぐってしまう。

「大丈夫？　だいぶ疲れてるみたい」

「誰のせい？」

「え？」

「えらい寝不足」

「あっ！」

昨夜の予期せぬ情事が蘇り、一瞬で顔が熱くなった。

「わかりやす……」

薄い唇の端を僅かに上げた航は、「来てくれてありがと」と言った。

「うん……ラーメン、美味しかった」

ラーメンの感想に頷く航だけど、あの子のことは話してくれそうにない。普通ならあんな場面を見られたら、何かしらの説明があると思う。けど相手は航だ、元々口数が少ない上に自分のことは殆ど語らない。ならばやっぱり自分から聞くしかない。

（答えてはくれないかもだけど）

「あのさ、昼間の女の子って――」

「ああ、昔の友だち」

「付き合ってた、とか？」

「別に」

「急に消えたとかなんとか言ってたけど」

「風呂、先にいい？」

「あ、うん。沸いてる」

聞こえなかったかのように立ち上がった航に、私は笑顔で頷いた。こういう態度を取るということは、聞かれたくないということなのだろう。

（気にはなるけど……）

話したくないことを無理に話させたいとは思わない。それに今は、ここにこうしていてくれている。航だって、聞かれたくないことを聞かれることは予想できていただろうに。

「今夜は私が夕飯作るね」

浴室へ向かう航の背中に向かって言うと、彼が振り向いた。

「風呂出たら作るよ」

「いいよ。ラーメンのお返し」

「作ったの大将だけど」

一瞬笑って再び背を向けた航が、そのままぼそっと言う。

「明日なんだけど」

「え？」

「また横浜案内して」

そう言い残して、航は脱衣室に消えた。

明日は日曜日。二人揃って休める唯一の休日だ。あの子のことは心配ないからデートしよう、そういうことだろうか。

理由はさておき、航からの誘いは嬉しい。

「わかった！　定番コース考えとくね！」

もう姿は見えない航に向かって言った私は、キッチンへ向かう。少し浮足立っている自分に苦笑しながら。

（あ……名前呼びのこと聞き忘れた）

でも焦ることはない。明日にでもゆっくり聞けばいい。

航と巡る横浜の街を思い浮かべながら、冷蔵庫の中から、帰りに買ってきた鮭《さけ》の切り身を取り出した。


翌朝。

普段より少しだけゆっくりめに起きた私は、いつも通り窓辺の植物たちに声を掛けた。

「おはよう」

「……おはよ」

返ってきたのはまだ眠そうな航の声。と、思ったら、背後から伸ばされた航の手が、私を閉じ込めるように窓につけられる。背中向きの壁ドン、いや、窓ドン？　などと思っていると、耳元で「いい天気」と囁かれた。

「散策日和《びより》だね」

振り返って言うと、航は緩やかに微笑んだ。寝癖で跳ねた髪が可愛い。

「今日のコース考えたよ。といっても、王道コースだけど」

「任せる」

窓に手をついたままの航は、閉じ込めた私の髪に顔を埋《うず》めるようにして呟いた。


「気持ちいいね～」

約束通りに横浜案内に出掛け、まずは港の見える丘公園にやってきた。その名の通り港を見下ろす小高い丘の上にあるこの公園をスタート地点とし、外国人墓地、元町、マリンタワー、山下公園、赤レンガ倉庫……と、丘から海へと下っていくことにした。

「ベイブリッジが近い」

両手をポケットに入れ、少し首をすくめて航が呟いた。

「寒い？」

「ちょっと」

丘の上に吹く海風は確かに冷たく、寒がりの航には可哀想《かわいそう》だったかもしれない。

「もう少し暖かい時期に来ればよかったね。ここ、春になるとたくさんの花が咲いて綺麗だし」

「じゃあまたその頃に」

「来る？」

「俺はいいけど」

『また』があるんだな、と思うだけで、一足先に春が来たかのような気分になる。

「あっためてよ。片手だけでも」

ポケットから出した左手で、航が私の手を取った。そっけないようで急にこうして甘えてくるところが、猫っぽくて航らしい。中華街の時以来の手繋ぎだけど、あの時のようにただドキドキするのとは違って、じんわりと心が温かくなるような、そんな気持ちでそっと握り返した。

「次は？」

「外国人墓地の方に行ってみない？」

「いいね。で、どっち？」

繋いだ手を引きかけた航が振り返って私を見る。その目が思いのほか輝いていて、ドキッとさせられた。

「あっち」

指を差すと、航は「了解」とでも言うように頷いて歩き始めた。足取りも軽く、でも歩調は私に合わせてくれていて、時々ふと思い出したように私を見下ろす。何を言うでもなく、ほんの少し唇の端を上げて。その度に私は見惚れてしまう、冬の日差しに包まれた柔らかな微笑みに。

そのまま公園から外国人墓地を回り、再び公園の方へ戻ってから長いフランス橋をゆっくりと渡った。

「なんでフランス？」

「さっきの公園の辺りは昔フランス軍の駐屯地だったらしいよ」

「へぇ。博識」

「昨日調べた……」

「バカ正直」

振り返った航が笑った。白い歯を覗かせ「博識なフリしてればいいのに」と、無邪気な顔を見せる。明るい日差しの中だからなのか、とても眩しく映る。

（こんな顔して笑うんだ……）

普段見ない表情に新鮮さと愛しさを感じているうちに元町へ出た。繋いだ手はいつの間にか航のポケットの中に入れられている。

（なんていうか、デートしてるって感じ）

気恥ずかしさを感じながらも、どうしても心は浮かれてしまう。

（そうだ、名前呼びのこと――）

「昼飯どうする？」

「え、あ、そろそろ食べようか」

家を出たのが遅かったので、もう既にお昼は過ぎている。名前呼びのことは後にして、まずはランチだ。おそらく航はその時間を楽しみにしている。

「中華街はこの前行ったばかりだから、今日はフレンチでどう？」

元町の入り口から見える中華街の門を見て言うと、航は少し心配そうな顔をした。

「あ、大丈夫。値段も手頃だし、マナーとか全然気にしなくていい感じのお店だから」

昨夜のうちに調べておいたカジュアルフレンチの店が、この先の角を曲がった所にあるはずと手を引いていく。

「あ、ここだ。どうかな？」

「うん、ドレスコードもなさそうだ」

店先に出されたメニューボードを見た航は、頬を緩ませ頷いた。

「お肉、柔らかくて美味しい」

「これはちょっとマスタード利きすぎかな」

店に入ると、航は途端にあの研究熱心な顔になった。私が注文した豚肩ロースの香草焼きは十分すぎるほどに美味しいけど、真鯛《まだい》のポワレを注文した航は、粒マスタードのソースに今ひとつ納得していないらしい。そんな彼の様子を見ているのも楽しい。

「航が働いていたビストロってこんな感じの店？」

「もう少し庶民的。けど料理はこんな感じ」

「そうなんだ。行ってみたかったな」

閉店は残念だと言うと、シェフも奥さんも結構な歳だったからと、少し寂しそうに航は言う。料理の基礎を教えてくれた恩人だとも。

店にも行きたかったけど、そんな恩人の方たちにも会ってみたかった。

「いつかあんな店を持てたらって思う」

「えー、ますます行ってみたかった！」

思いがけず聞かされた航の夢。航のことは過去も現在もまだよく知らない。でも、未来についてひとつでも知ることができた。そのことに胸がときめく。

「航は洋食の料理人を目指してるんだね」

「今はまだジャンルにこだわらず勉強中だけど」

ラーメン屋のバイトも修業の一環だという。

「中華も研究してたもんね、スパイスまで揃えちゃって」

「親子丼も研究中」

「ふふ、そうだね」

そんな会話を楽しみながらランチを終え、店を出ると航は「いつもごめん」と少ししょげた顔をした。

「バイト代入ったら奢《おご》るから」

食事代を出せないことがもどかしいらしい。いつかの買い物の時もそうだったけど、航は人にお金を出させることが苦手なのだろう。

「じゃあその時はフルコースのフレンチでね」

「マジか」

「ふふ、マジ」

敢えて茶化《ちゃか》すように言うと、航のしょげた顔がほころんだ。


店からマリンタワーへ向かい、展望台に上った。今度は丘の上より少し低い位置から港を一望する。

「ここから見る景色、私好きなんだ」

「よく来る？」

「年一回も来ないけど、たまに上るといつも好きだなって思う」

海なし県の山梨出身のせいか、私は海への憧れがある。港湾関係の仕事に就いているのも、それが動機のひとつだ。海を眺めながらするそんな話を、航も遠くを眺めながら黙って聞いている。『航の出身地はどこ?』話の流れでそう聞きたくなるも、もしそれでまた航の顔が曇ってしまったらと思うと、やはり躊躇してしまう。

(今日は働いていた店のことや夢を話してくれたんだし、欲張るのはよそう)

「今私が働いている会社があるのはあの辺り」

航の視線の先の少し右側を指差して言うと、「へぇ」と呟いてまた元見ていた方に視線を戻した。

そのまま航はじっとその辺りを見つめている。

(何かあるのかな?)

気になって航の視線の先に目を凝らすも、特に何があるわけでもなさそうに思う。強いて言えば、何度か通り掛かったあの建設中のホテルと、行き交うゴンドラが小さく見えるくらいだ。

「あそこが航が座り込んでいた建設現場。そしてあっちが航を拾った辺り」

「拾ったって」

「あ、ごめん」

「別にいいけど。その通りだし」

航はどこか謎めいた笑みを浮かべると、「行こ」と私の手を引いてエレベーターへ向かった。


地上に降りると、山下公園からみなとみらい方面へゆっくりと歩き、赤レンガ倉庫のお洒落なカフェでひと休みした。そこから再び歩き、臨港パークへやってきた。

「いっぱい歩いたね～」

「横浜徒歩耐久レース」

「えっ、ごめん！　そんなつもりじゃなかったんだけど。疲れたよね？　明日仕事なのに」

「それは冬和も一緒」

（あ……）

聞き出すタイミングを掴めないままでいた名前呼びが、さらっと再現された。

（今こそ聞いておかないと！）

「ねえ、なんで急に名前？」

「なんでって……昨日も呼んだから？」

航はよくわからないという感じで首を傾げる。

「じゃあ昨日はなんで？　突然だったからびっくりした」

「気付いたら呼んでた。てか、咄嗟に叫んだら名前だった」

「……そう、なんだ」

特にこれといった理由はなかった。けど、それがかえって嬉しい。気付いたらとか、咄嗟にとか、無意識のうちに出てしまう方が、航の心の中に『冬和』として存在できているような、そんな気がして。

「嫌なら――」

「ううん、冬和でいい」

そう答えた時だった――

「冬和……？」

「えっ」

不意に後ろから声を掛けられ、ビクッと肩が震えた。

「冬和だよな？」

（……悠馬!?）

振り返ると、そこには元カレの木戸《きど》悠馬が立っていた。まさかこのタイミングで過去の男に『冬和呼び』されるとは思ってもみなかった私は、驚きを通り越して唖然としてしまう。

赤ちゃんを乗せたベビーカーを押す彼の隣には、奥さんと思われる女性もいる。

（……この人だったんだ、あの時、悠馬が選んだ人って）

このみなとみらい地区にある船会社に勤務していた彼は、三年前にシンガポールへの転勤が決まった。その知らせを受けたクリスマスの夜に、私は彼から自分ではない『婚約者』の存在を聞かされたのだ。その彼女と、シンガポールで挙式予定だと。

「久しぶりだな！」

「ほんと、お久しぶりです」

呆れるほど屈託のない笑顔を見せられ、私も程よい笑みを浮かべた。感情を乗せない笑みの意味を、おそらく奥さんは感じ取っているだろう。

航はどうだろうと思って隣を見上げると、特に変わりなく穏やかな表情をしている。

「三年ぶりか」

「そう、ですかね。こっちにはいつ？」

「先月。また日本勤務に戻ったよ」

この前、駅ビルで見かけた人は、どうやら本人だったらしい。

（あの時に声を掛けておけばよかったかな……）

そうすればこんな形で、航の前で、奥さんと子どもの前で、こんなやり取りをせずに済んだかもしれない。

（まあ、この図太い神経の持ち主なら、平気で『また会ったな！』とか言ってくるだろうけど）

案の定、悠馬は悪びれる様子もなく奥さんに私を紹介する。

「こっちにいた頃に世話になった仕事仲間」

「そうでしたか」

感じのいい笑みと共に会釈をされ、「初めまして」とにこやかに挨拶を返すと、悠馬が航に視線を向けた。私も航を紹介しようとするも、どう紹介しようか迷う。

（彼氏？　いや弟？　いや、友だちが無難かも）

幸い今は手も繋いでいない。

「彼は——」

「どこかでお会いしました？」

言いかけたところで、悠馬が航に問いかけた。

（うそ？　知り合い!?）

思わず左右に首を振り、二人を交互に見てしまう。

「……すみません、人違いかと」

少し考えていた航だったけど、記憶にはない様子だ。

「いや、こちらこそすみません。前に似た人を見たような気がしたんだけど、勘違いですね！」

「もう、悠ちゃんったら。失礼しました」

（ほんと、驚かさないでよ……）

奥さんに窘《たしな》められた悠馬は、それ以上航のことを聞いてくるでもなく、「じゃあまた！」と相変わらずの屈託のない笑顔を見せて去っていった。

（『また』はないと思うけど……あの無神経さ、ある意味強者……）

「あの人なんだ」

「え？」

遠ざかる悠馬ファミリーを見送っていると、含みを持たせたような声で言われた。

「三年ぶりってことは、そうかなって」

探るような目を向けられ、昨夜の最中のことを思い出す。『久しぶりってどれくらい？』と聞かれ『三年』と答えた、いや、答えさせられたことを。『答えて』と責めるように言ったあの時の航は、少し意地悪で、男を感じさせた。

（さっきは特に気にしている感じはしなかったけど……）

悠馬のこと、実は気にしてくれていたのだろうか。『三年前の人』であることをわざわざ確認してきたのは、そういうことなのかもしれない。そんな期待に胸が躍る。

「正解。あの人が私に三年の空白をもたらした張本人」

自分でも意外なほどあっけらかんと言い、笑って認めた。思えば悠馬との再会に、驚きはしたけど、それほど大きな動揺はなかった。本人にも奥さんにも、戸惑うことなく笑顔を返すことができていた。それはやっぱり、隣に航がいてくれたからだと思う。

「三年前のクリスマスの夜にフラれたんだ、あの人に」

ちょっとした思い出話をするような感覚で、悠馬との別れを簡単に航に話した。

「それで転勤先のシンガポールで結婚したのが、さっきの奥さんってことみたい」

「シンガポール……」

小さく呟いた航は、そのまま黙り込んだ。何か思い出したのか、それとも思い出そうとしているのか、僅かに眉間に皺《しわ》が寄っている。

「航？」

「……あ、いや、色々とあったんだなって思って」

「まあ、三十年近く生きてるとね」

自虐気味に笑って言うと、航も目元を緩めた。眉間の皺も消えている。

「そろそろ帰ろう」

「うん。夕飯の材料買って帰ろうか」

航の様子が少し気になったものの、楽しかった一日に満足して頷いた。


「王道コース巡り、楽しかったなー」

「横浜を堪能し尽くしたかも」

帰宅し、夕飯も終えてひと休みしながら言うと、航もまんざらでもない様子で言った。

（航も楽しんでくれてたのかな）

無邪気な笑顔を見せてくれたり、手を繋いでくれたのも航からだった。自分だけが楽しいと感じていたわけじゃないと思うと、ホッとする。

そうこうするうちにお風呂が沸いたことを知らせる電子音が響いた。

「先に入っていいよ」

「一緒に入る？」

「え？」

「デートの続き」

私が座るソファーの前まで来た航が、すっと手を差し伸べてきた。

「でも……狭いよ？」

「じゃあやめとく？」

試すような目をして聞きながら、差し伸べた手を引こうとする。

「……入る」

そんな目をして聞くなんてずるい。と思いながら、引かれかけた航の手を取った。その手をグッと引き上げた航は、立ち上がった私をそのまま連行するように浴室へと連れていく。

「着替え——」

「あとでいいよ」

脱衣室に入ると、航は躊躇う様子もなく私の服を脱がそうとした。

「ちょ、ごめん、やっぱり着替え取ってくる」

「そう言って逃げる気でしょ？」

服に掛かった航の手を咄嗟に押さえるも、いつになく色っぽい目を向けられた。思わず黙ってしまうと、航は逆に私の手首を掴む。

「バンザイして」

「……自分で脱げる」

「いいから。横浜案内のお返し」

「お返しなんて……あ、ちょっと」

掴まれた手首を持ち上げられ、抗う間もなくバンザイさせられた腕からセーターの袖が抜かれていく。ドキドキと鼓動を速めている間にスカートのホックも外され、ストンと床に落ちた。キャミソールもブラも脱がされ、残すはショーツ一枚。

「足上げて。今度はこっちの足」

世話好きと言われる自分がこんな風に世話を焼かれるなんて、思ってもみなかった。向けられた瞳のせいなのか、戸惑いながらも素直に従ってしまう。操り人形のように手足を動かしていくうちに一糸まとわぬ姿にされ、その身体を自分で抱きしめる。更にドキドキと鼓動を高鳴らせながら。

そんな私を数秒待たせ、航も裸になる。

「入ろう」

少しひんやりとする手で肩を抱かれ、浴室へと入っていく。もう片方の手で航がドアを閉めると、狭い浴室はどこか妖し気な密室になった。

「寒いな。早くあったまらないと」

航が湯船の蓋を取ると、白く温かな湯気が立ちのぼった。そこに手桶《おけ》を入れてお湯を汲《く》んだ航は、そっと私の肩にかけてくれる。何度かそれを繰り返し、自分にもかけ湯をすると、航が先に湯船に入った。そしてまた手を差し伸べる。

「おいで」

お風呂という空間のせいか、航の声がいつもより柔らかく感じる。というより、甘く響く。その甘さに誘われるようにして航の手を取り、私も湯船に入った。

後ろから包まれる格好でゆっくりと身を沈めていくと、ザーッと派手な音を立てて湯船からお湯が零れていく。その音が落ち着くと、航は「あったかい」と呟いた。耳元で響く声は、やはりとても甘い。

「うん……あったかいね」

後ろからすっぽりと包まれているためか、より温まる気がする。

デートはとても楽しかったけど、まだ寒い冬、やっぱり身体は冷えている。寒がりの航ならなおさらかもしれない。

（一緒に入りたがったのはそれで？）

暖を取るためにベッドに潜り込んできた時と同じ感覚かもと思っていると、航の手が太ももに触れてきた。

「たくさん歩いたから、マッサージ」

「やっ、ちょっと、くすぐったい」

お湯の中で、航の手が太ももからふくらはぎの方へ移動する。

「あ、気持ちいいかも……」

きゅっきゅっとリズミカルに揉み上げられて思わず呟くと、航は満足そうに後ろから微笑みかけた。そんな航の足首を私もきゅっと掴み、「お返しのお返し」と揉んであげた。

「気持ちよすぎてのぼせそう」

「じゃあそろそろ」

言うなり私の両脇に手を入れた航は、そのままグイッと私を引き上げた。

「一旦出て身体洗おう」

「あ、うん……そうだね」

何をされるのかと一瞬焦った私は、差し出された手を取って湯船から出た。

（けど……やっぱりちょっと恥ずかしい）

航に裸体を晒すのは初めてのことじゃない。でもベッドとお風呂では違う。明るい浴室内で丸見え状態に、心もとなさを感じてしまう。

「座って」

素直に従ってバスチェアに腰を下ろすと、航は優しく髪を洗ってくれた。あの綺麗な指の柔らかな刺激が、とても心地いい。丁寧に洗いあげてもらった後は、交代して航を座らせ私が洗ってあげる。泡のタワーを頭のてっぺんに作ってあげると、鏡越しに航は微笑んだ。

ふざけ合うように、じゃれ合うように身体も洗い合う。泡に包まれて羞恥心は薄らぐものの、身体を滑っていく航の手の感触に、胸の鼓動はどこまでも高鳴っていく。

「流すよ」

シャワーを出して、二人一緒に泡を流していく。お互いの身体を撫で合うようにして。

「んっ……」

航の指が胸の先端に触れ、思わず声が漏れた。その声を合図とするかのように、航の愛撫《あいぶ》が始まる。

シャワーは止められ、後ろから抱きしめられるような形で胸を揉まれる。先端を摘まれ、首筋にキスを落とされ、身悶《みもだ》えするように身体をくねらせる。

「ん、航……」

「気持ちいい？」

問いかけに答える間もなく、片方の胸から離れた航の手が下腹部へと下りていった。

「冬和が気持ちいいのはこっちだね」

「あっ」

航の指が、迷うことなくするりと秘部に忍び込んできた。もう片方の手も胸から離れ、その指で、秘部の上にある小さな蕾を摘み上げられる。

「あっ、んんっ」

航に背中を預け、蕾を刺激されながら花弁の奥の泉を優しくかきまわされ、唇さえも塞がれた。

「んんっ、んん、んっ……」

上でも下でも粘膜の中で航を感じ、湯船から出ているのに、のぼせてしまいそうだ。

（もうダメ……立ってられない）

気が遠くなりかけたその時、唇が離れた。

「そこに掴まって」

誘導するように私の手を湯船の縁に乗せると、航は背後から「いくよ」と囁いた。

「あ、あぁっ」

立ったまま後ろから航が入ってきた。この前より性急な入り方に、航の興奮が伝わってくる。グイグイと突き進んでくる勢いに押され、湯船の縁に掴まる手にグッと力を込めた。お尻を突き出した格好のせいで、航の熱くなった鉄杭がより奥まで届く。

「はあっ、航……あぁぁ、あっあっ」

またもこんなに激しく愛されるなんて、想像もしていなかった。そしてそのことに、戸惑いよりも喜びを感じている。

「っ、冬、和……」

（あ……名前……呼んでくれた）

熱のこもった吐息に交じって囁かれ、また別の快感が押し寄せる。

「こういうのも……三年ぶり？」

「こういう、の、って……？」

「風呂とか、後ろから……とかっ」

「ああっん」

突かれながらの意地悪な質問に、答える余裕もなく身を揺らす。

「妻子持ちには……気をつけな。はっ」

「ああっ……！」

ズン！　という強い刺激にかき消されそうになったその言葉が、頭の隅に僅かに残る。

やっぱり悠馬のことを気にしてくれているのだろうか。急にお風呂に誘ったのはそのせい？　そんな希望的観測に胸を膨らませ、快感はより高まっていく。

（妻子持ち……もしかして……）

「ああぁっ、航……好き……」

抑えられない気持ちが言葉になって零れた。私は航が好きだ。どんどん好きになっていく。だからもっと、愛されたい。

「はっ、はっ……」

航の熱い息遣いが耳に届く。そのリズムに乗って腰を打ち付けてくる航。その度に私の身体は打ち震える。航は今どんな顔をしているのだろう。苦悶《くもん》の表情？　それとも満ち足りた顔？　後ろ向きなことを残念に思う。でも、この獣のように立ったままでするセックスは、どうしようもないくらい気持ちがいい。

「そろそろヤバい」

「イッて……」

「冬和も、一緒に」

「あ、あ、あああぁぁあっ……！」

速度を上げて突き上げていたモノを一気に引き抜くと、航は私の外で白く熱い飛沫《しぶき》を解き放った。

5　航の真実

横浜案内のデートから一週間ほどが過ぎ、航も私もお互いの日常を平和に過ごしている。航はバイトにも慣れてきた様子で、帰宅後に新メニューの開発に頭を悩ませていたりする。私は私で、毎日の業務に忙殺されながらも楽しく働いている。

「そういえば木戸さん、日本に戻って来たらしいね」

社内の休憩スペースで一息ついていると、真理恵が言った。悠馬の会社とは仕事上の繋がりがあるため、そんな情報もすぐ耳に入る。つい先日ばったり会ったと言うと、真理恵は少し心配そうな顔をした。

「古傷痛んだ？」

「それが自分でも意外なくらい全く。本人はもちろん、奥さんと赤ちゃんにも笑顔でご挨拶しちゃったよ」

「そっか。なら問題ないかな」

心配はなくなったとばかりに言う真理恵は、今夜の飲み会に一緒に参加してほしいと言ってきた。悠馬の会社の人たちに誘われＯＫしたものの、女性の参加が少なく補充したいという。

「それってつまり合コン？」

「のような飲み会、かな」

それなら悠馬は参加しないだろうけど、あまり気は進まない。

「新しい出会いがあるかもしれないしさ、ね、行こう！」

「うーん……」

航の存在をまだ話していない真理恵に押し切られ、結局行くことになってしまった。


仕事終わり、今夜は遅番の航に『急きょ飲み会に』とメッセージを送り、真理恵と一緒に店に入ると――

「なんで!?」

「そっちこそ！」

ついたテーブルの向かいには、来ないだろうと思っていた悠馬の姿が。

「木戸さん、妻子持ちなのに〜」

「いやいや、急きょ頼まれて仕方なくだよ」

真理恵が突っ込むと、悠馬はバツが悪そうに笑いながら弁解した。自分も急きょ参加の同じ立場のため、一概に『弁解』とは言えないけど。

「まあ、積もる話もあるだろうしね」

真理恵のフォローにもなっていない言葉に、お互い苦笑いを浮かべながら悠馬と私は乾杯をした。

「そういえばこの前の彼、やっぱ俺会ってると思うんだよね」

お酒が進みだした頃、悠馬が言った。

「会ってるっていうか、見かけただけだけど」

「どこで？」

「シンガポールのアルテミスホテル」

（アルテミス……）

去年のクリスマスにそこで会社のパーティーが行われ、その際にロビーのカウンターで見かけた若者に似ているという。『ＣＥＯに会わせろ』みたいなことを言って揉めている様子だったため、印象に残っていたらしい。

「この前、冬和たちに会ったあと、通り掛かった建設現場にアルテミスリゾートの名前があってさ、それでハッと思い出して」

それはあの航が座り込んでいた建設現場のことだろう。

（いやでも……それ本当に航？）

航がシンガポールのホテルで『ＣＥＯに会わせろ』って、どういうことなのかさっぱりわからない。

「別人じゃないかな」

「かもしれないけど」

「彼からそんな話聞いたこともないし」

そうは言ったものの、実際のところ航の素性については未だ殆ど知らないし、彼も話そうとしない。

（そういえば……）

悠馬とばったり会った日のことを思い出す。航に悠馬との過去を簡単に話した時だ、彼は『シンガポール……』と呟いて黙り込んだ。

航はあの時、何を思っていたのだろう。シンガポールに何かあるのだろうか。

（……悠馬が見かけた若者は、本当に航だった？）

なんとなく胸騒ぎを感じていると、「なあ」と悠馬に顔を覗き込まれた。

「二人で抜けない？」

目尻に浮かぶ下心があまりにあからさまで、一瞬で気分が萎える。

「可愛い奥さんと赤ちゃんが待ってるよ」

「……若いイケメンと遊ぶ方が楽しいか」

苦笑いの末にそんな嫌味を浴びせられ、別れて正解だったと強く思う。

（こんな人が言うことに惑わされることないな）

ジョッキに残るビールを飲み干し、おかわりを頼んだ。


とはいえやっぱり気になって——

帰宅後、航の帰りを待った私は、お風呂上がりの彼に思い切って聞いてみる。

「シンガポールに行ったことある？」

「なんで？」

短い返答には、触れても痛みを感じない程度の棘を感じた。頭から被ったバスタオルで、その表情ははっきり見えない。

「シンガポールのホテルで航らしき人を見かけたっていう話を聞いて」

「元カレにでも会った？」

「……今夜の飲み会で偶然」

「偶然ねぇ」

疑っているのか、茶化すような言い方が少し癇《かん》に障る。

「妬《や》いてるの？」

「なんで俺が？」

バスタオルから覗く目が、いつもより冷たく私を捉えた。

（やっぱり勘違いか……航が嫉妬してくれたなんて……）

希望的観測はあくまで希望でしかなかったのかと思うと、情けないくらいに胸が痛んだ。

だからといって、こんな風に話をすり替えられたままでは、やはり納得がいかない。

「元カレの話がしたいんじゃないよ。私が聞きたいのは——」

「明日も早いから」

バスタオルを被ったまま、航は布団に潜ってしまった。聞かれたくない、話したくない、そういうことなのだろう。言いたくないなら言わなくていい。無理に聞くのはよそう。そう思っていたし、そうしてきた。でも、そんな風に背を向けられたら、やっぱり悲しい。

「好きだから気になるの。知りたいって思うの。それってダメなの？　そんなに悪いこと？」

思わず本音がそのまま口を衝いて出た。そんな私に、航の静かな声が届く。

「傲慢だよね。知りたいって思うのも、知られたくないって思うのも」

（傲慢……）

確かにそうかもしれない。私は『好き』という感情に押されるまま、自分の思いを押し付けているだけなのかもしれない。航は——彼がどんな感情に押されているのかはわからない。けど、私が「知りたい」と思う気持ちと同じくらいの強さで「知られたくない」と思っていることはよくわかった。

（それがわかっただけでも、よかったのかな……）

諦めにも似た肯定で自分を納得させ、同時に感情的に詰め寄ってしまったことを反省した。

「疲れてるのにごめん。おやすみ」

背を向けたままの航にそれだけを告げ、寝室へと逃げ込んだ。


翌朝、航は何事もなかったかのように起き、バイトへ行く準備を始めている。

「朝ごはん、できたよ」

「ありがと」

今日は土曜日。テーブルには私が作った素朴な朝食が並ぶ。

「旅館の朝ごはんみたい」

焼き魚と目玉焼きと小さなサラダとお味噌汁。確かにそれっぽい。

「たまにはこういうのもいいかなって」

「基本と定番は大事」

二人とも昨夜のことには触れず、穏やかに微笑み合う。私の心の中は、穏やかとは言い難いけれど。

結局私は、航が話したいと思う時を待つことにした。ここでこうして航と暮らせる残りの時間を、大切に過ごしたいから。

「ごちそうさま」

完食した航が、歯を磨きに洗面所へ向かった。

「寝癖すごいから、ちゃんと直してね」

「ああ……うん」

気のない返事を聞きながら、私は朝食の後片付けをする。棘を感じない柔らかな光が差す朝に、幸せを見出《みいだ》そうとしながら。


「じゃあ行ってくる」

届く声に誘われるようにして、玄関まで向かう。

「ちょっと、全然直ってないじゃん」

少し背伸びをし、ぴょんと立っている航の髪を撫でつけた。

「バスタオル被ったまま寝たりするからだよ」

(あ……)

昨夜の航の様子を口にしてしまい、気まずくなるかと焦ったものの、航は特に気にするでもなく
「これくらいいいよ」と、撫でつけた私の手を取った。

「……いってきます」

「いってらっしゃい……」

手を取られたまま互いの心の中を探るように一瞬見つめ合い、そして見送った。

そうして航が出掛けたあとは、掃除や洗濯など一通りの家事をする。いつもの週末と同じように。

（そうだ、入浴剤そろそろ買っとこうかな）

航も気に入っている様子の、柔らかな乳白色になるやつ。

ついでに気分転換に散歩でもしよう。

それで夜はちゃんと航との雰囲気を元通りにして――と外へ出ると、

「あの！」

マンションのエントランスを出たところで呼び止められ、振り返る。

「あなた、航の何なんですか？」

いきなり詰め寄られて驚くも、すぐにわかった。その子は先日、航がバイト先で揉めていたあの女の子だと。あの時感じた胸騒ぎが再び起こる。そのざわつきを落ち着かせるようにして聞き返す。

「あなたこそ、航とはどういう？」

「恋人です！」

胸を張るようにして宣言する姿に、一瞬呆気に取られた。その上で『恋人』という言葉にチクリと胸を刺される。私はこんな風に堂々と宣言できない。それどころか、航と自分の関係は何なのかさえ、はっきりしていない。一緒に暮らして、デートして、身体の関係もある。それは恋人といえるかもしれない。でも、航の気持ちを確かめたことは、まだない。

けど彼女の宣言も、おそらく虚勢だろう。それくらいは察しが付く、三十年近く生きていると。

「元カノさん？」

そう微笑んで、どうしてここがわかったのかを聞いた。

「バイト帰りの航をつけたらこのマンションに入っていった。でもポストに航の名前はないし、何回かつけてるうちに、あなたの家だってわかった」

（何回かって……）

またも堂々とストーカー宣言までされ、さすがに少し怖くなる。

「幾つか知らないけど、行き遅れて焦って玉《たま》の輿《こし》狙い？　図々しいと思わないの？」

（なっ……ひどっ。というか、玉の輿って……？）

「どうせ航がホテル王の息子って知って近づいたんでしょ!?　そんなのばっか！」

「ホ、ホテル王の息子？」

「とぼけちゃって」

「とぼけてなんか……」

蔑むような目で言われるも、本気で何が何だかわからない。

「本当に何も知らないの？」

今度は呆れたような目を向けて問われ、私はうん、と頷くしかない。

「信じらんない……。何も知らないで同棲って、おめでたいオバサン」

吐き捨てるように言うと、彼女は去っていった。

何だったんだろう？

彼女は私に何を言いに来たんだろう？

聞かされた言葉は頭に残っても、それを理解し切れない。

（航、あなたはいったい……）

遠ざかる彼女の背中の向こうに、航の謎めいた微笑みが浮かんだ――


（買い物に行くつもりだったけど……）

突然に聞かされたわけのわからない話に困惑した私は、そのままマンションの中へ引き返し、部屋に戻った。

（航がホテル王の息子って、どういうこと？）

その疑問はもちろんのこと、あの子が残した捨てゼリフも頭にこびりついている。

『何も知らないで同棲って、おめでたいオバサン』

確かに私は航のことをよく知らない。でも、もう何も知らないわけでもない。

寒がりで、夜が苦手で、料理が得意。そっけない態度でも、決して冷たいわけじゃない。優しさも温かさもあり、相手の気持ちを察することもできる。頼りない部分はあるけれど、寄りかかりすぎず自立しようと頑張っている、真面目で素直な青年だ。

（ちょっと何考えてるかわからないとこもあるけど……）

そういう航に恋して、一緒に生活している私をあの子は『おめでたい』と嘲笑《あざわら》った。

あの子は私の知らない航を知っている。そういうことなのだろうけど、それが『航はホテル王の息子』――

（ということなの……？）

「そんな話ってある？」

（……って、るるに聞いてもわからないよね）

思わず猫の写真にまで話しかけ、漸く我に返ったように苦笑いを浮かべた。

「とにかく一旦落ち着こう！」

お湯を沸かし、茶葉をポットに入れ、ゆっくりと時間を掛けて紅茶を淹れる。澄んだ琥珀色《こはくいろ》のお茶をカップに注ぎ、深く香りを吸い込んでから、一口飲む。

「はぁ……」

ソファーに座ってゆっくり味わうと、気持ちは徐々に落ち着いてくる。それでもやっぱり、頭に残る言葉は変わらない。

（ホテル……）

そう思ってふと、悠馬から聞かされたことが脳裏に浮かんだ。

悠馬はシンガポールのホテルで航を見かけたと言っていた。そして私が航を初めて見かけたのも、みなとみらいのホテル建設現場だ。そして、そのどちらもがアルテミスリゾートグループのホテルだ。そこへ来て今度はホテル王の話まで――

（ホテル繋がりは単なる偶然？）

そうも思えなくなってきた私は、スマホを手に取った。そこに『アルテミスリゾートグループ』と入力して検索してみる。それで航に繋がる何かがわかるでもないのは承知の上で。

画面には、世界的ホテルグループだの、アジア最大のリゾートホテル事業を繰り広げているだの、そんな言葉が次々と出てきた。そんな検索結果の一番上に出た公式サイトを開いてみると、リゾート感溢れる美しい景色の中の、いかにも高級感漂うホテルの画像が現れた。そこには『アルテミスグランデ・シンガポール』の文字がある。ここがいわば本店ということだろうか。他にアジアだけで百二十、ヨーロッパに五十、オーストラリアに二十五、アフリカに十二……その他カリブ海諸国などでも展開しているらしい。

（すごい規模……）

もしあの子が言っていた『ホテル王』がこのグループのトップだとしたら、紛れもなく世界屈指のセレブだろう。でも、その息子が航だとはとても思えない。

（見た目は王子っぽくはあるけど……）

それだけで納得ができるわけはないし、当然のことながらそれを裏付けるものなどこのサイトからは何ひとつ見つからない。

「あ〜もう、いったい何のこと？」

結局モヤモヤは解消されず、スマホの画面を消そうとした時だった。公式サイトの『お知らせ欄』に目が行き、記事のひとつを開いた。そこには、日本で十八軒めとなるグループのホテル『アルテミスグランデ・横浜みなとみらい』が建設中である旨が記されている。それは、航が座り込んでいたあの建設現場のことだ。

シンガポール、アルテミスリゾート、建設現場、ホテル王……一つ一つ思い返せば、確かに繋がる。

（ということは……いや、でも……）

「ダメだ……頭の中ぐちゃぐちゃになってきた」

今すぐ航のバイト先に押しかけて色々と問《と》い質《ただ》したくなる。とはいえ、そういうわけにもいかない。そもそもあの子の言ったことが本当かどうかも疑わしい。

（はぁ……理香子に話聞いてもらおうかな）

このまま悶々として航が帰るまで待つのは、正直かなりしんどい。誰かに話せば頭の中も少しは整理されていくだろう。

手にしたスマホに映るホテルのサイトを閉じると、私は理香子に電話を掛けた。

『冬和～、どした～？』

休日でのんびりとしていたという理香子の、気の抜けた声にホッとする。

「突然ごめん。なんて言ったらいいのか……急な嵐に見舞われちゃったっていうか、頭の中混乱しちゃってて」

整理がつかない状況を素直に吐露すると、理香子は頼もしい声で『聞くよ』と言ってくれた。その言葉に甘え、私はついさっき自分の身に起きたことを話した。

『あの彼がホテル王の息子？　そう言ったの？　あのラーメン屋で揉めてた子が？』

「うん。突然現れてそう言って去っていった」

『………ないない!!』

しばしの沈黙のあと、理香子は笑い飛ばす勢いで言った。

『そんなどっかのドラマみたいな話、作り話に決まってるよ！』

「やっぱそうかな」

『だいたいホテル王って何？　適当なこと言ってライバルのお姉さんが動揺する顔見て楽しんでただけじゃない？』

それはおそらく元カノの悪ふざけであり、鵜呑みにすることなんてないと理香子は笑った。自分でもそうは思う。鵜呑みにするほどの信ぴょう性もない。ただ、引っかかっていることがあるのも事実だ。

「実は、初めて彼を見かけたのってホテルの建設現場なんだよね」

『え？』

いつか理香子と飲んだ帰りに通り掛かったあの建設現場だと告げ、そこがアルテミスリゾートグループのホテルだと教えてくれたのは理香子だったと言うと、彼女もそれは覚えていた。

「おまけに悠馬にはシンガポールのアルテミスホテルで彼を見かけたとか言われちゃって」

『何それ……』

頼もしかった理香子の声が、少しトーンダウンした。私は航といる場で悠馬に再会したこと、そこで悠馬が航に会ったことあるかと聞いたこと、それに対し航は記憶違いだと答えたことを告げた。その後に航が、『シンガポール』という言葉に黙り込んだことも。

『なるほどね、冬和が混乱するのもわかるっていうか』

そういうことなら本人に確かめるのが一番だと、もっともなことを言われる。

『元カノが言うことはさておき、シンガポールの件はちゃんと確かめた方がいいかもね。彼のことが好きなら』

最後の一言が、胸に刺さった。

理香子が言う通り、私は航が好きだ。昨夜の航は答えてくれなかったけど、好きな人のことを知りたいと思うのは、やはり悪いことなんかじゃないと信じたい。

『何者かもわからずに同棲なんて、慎重な冬和らしくないって思った。でも、世話好きで困っている人を見て見ぬふりができない冬和ならやりかねないとも思ったんだよね』

電話の向こうで、理香子が苦笑いを浮かべているのがわかる。

『世話焼いているうちに好きになっちゃったんでしょ？　冬和らしいよ、めちゃくちゃ』

苦笑いが、いつもの理香子の笑顔に戻った。そんな気がした。

『そんな冬和らしい堕ち方をした恋だもん、応援したくもなるってもんでしょ！』

「理香子……」

一度は『気をつけなよ』と言った理香子だったけど、基本的に彼女は私を信頼してくれている。それがこの電話からも伝わる。そして、そんな彼女のお陰で冷静にもなれる。

自分でもどうかしてるって思っていたし、今でも思うことはある。名前と年齢しか知らされないまま一緒に暮らし始め、未だ詳しいことは不明。それでも、航といる時間は優しくて、穏やかで、温かいと感じ、一緒にいたいと願ってしまう。いつ、どのタイミングで好きになったのか、それすらもわからない。胃袋を掴まれたからかもしれないし、美しい姿に魅せられたからかもしれない。警戒と緊張による、吊《つ》り橋《ばし》効果の末の恋かもしれない。はっきりとはわからないけど、気付けば愛しい存在になっていた。

そんな思いをそのまま口にした私に、理香子が言う。

『理屈では説明つかない感情ってあるからね』

まさにそれだ。頭では処理しきれないのが恋だ。そんな恋に、私は堕ちたのだ。

「理香子に話してよかった」

感謝の気持ちと共に、そんな言葉が実感として零れた。嵐が去ったわけでも、謎が解明したわけでもない。でも、私の心は確実に落ち着きを取り戻し、勇気づけられた。

「航とちゃんと話してみる」

『うん。まずはそこからだね』

頼もしい声に戻った理香子との電話を切り、カップに残る紅茶を飲み干した。


夕飯の支度をしながら、航の帰りを待つ。今日は早番なので、そろそろ戻る頃だろう。

シチューを煮込む鍋をぼんやり見つめながら、『シンガポール』と言っただけで黙ってしまった時のことや、デートの時にマリンタワーの展望台からあの建設現場の方をじっと見つめていた横顔を思い出していた。

もう一度きちんと確かめようと誓う。シンガポールに行ったことはあるのか、もし行ったのなら、悠馬が見かけたホテルにも行ったのかどうかを。そして、突然現れたあの子が口にした言葉の意味も、もしわかるなら教えてほしいと告げよう。

(航のことが知りたい。航のことが好きだから)

この気持ちも、もう一度きちんと伝えた上で。


「ただいま」

シチューにとろみが出る頃、航が帰ってきた。

「おかえり。ちょうど夕飯できたとこ」

「ビーフシチュー？　いい匂い」

上着を脱ぎ、手を洗いに行く背中を目で追いながら、なんとなく気持ちがざわつく。ちゃんと答えてもらえるか、やはり不安がある。

（また『傲慢』って言われちゃうかも……）

それでも伝えたい。好きだという気持ちも、知りたいという思いも。

「お待たせ」

戻って来た航が食卓につき、いつものようにご飯を食べ始める。でも、漂う空気はいつものようではなく、どこか緊迫している。航を拾ってきた頃のように。

「今日は……忙しかった？」

「まあ。いつもの土曜な感じ」

「そっか、そうだよね」

（ダメだ……上手く笑えない）

切り出すタイミングも計れず、妙にギクシャクしてしまう。

「なんかあった？」

いざとなるとヘタレな私に、航の方から聞いてきた。

「昨日の話の続き？」

「あ、うん……やっぱり気になって」

「あるよ、シンガポールに行ったこと」

「え……」

「元カレさんが俺を見たなら、たぶんアルテミスホテルに行った時だと思う。俺はあの人の記憶ないけど」

「そう……なんだ」

航自らの告白は、喜びよりも驚きの方が大きく、ただポカンと彼を見つめてしまった。

「夕べは別に話す必要ないかなって思った。けど、なんか空気重いし冬和の顔は冴えないし」

「だって……」

「これでスッキリした？」

問われたものの、まだ「うん」とは言い切れずにいる。航とシンガポール、そしてアルテミスホテルは完全に繋がった。でも、もうひとつの気掛かりも、やはり確認しておきたい。

「今日ね、あの子が来たの。この前、航のバイト先に来ていた……」

「由衣《ゆい》が？」

「ゆいさん、っていうんだ、あの子」

ついに切り出した私に、航はわかりやすいほどに顔を曇らせるも、彼女は門脇《かどわき》由衣という同郷の友人だと教えてくれた。

「で、なんか言われたの？」

「……笑われちゃった。航のこと何も知らないで同棲なんて、おめでたいって」

『オバサン』と言われたことまでは言わずに、自嘲の笑みを浮かべた。それは、今感じている緊張を解すためでもある。解すというよりは、隠す、かもしれないけど。

どんな答えが返ってくるのか、正直少し怖い。

（でも、聞きたい……）

一呼吸おいた私は、意を決して核心に触れる。

「ホテル王の息子って、どういうことかわかる？」

「……」

曇った表情に更に影が差したように感じたのは、気のせいだろうか。

「彼女が言ったの。航はホテル王の息子だって。だから近づいたんでしょって。私、なんのことかさっぱりわからなくて」

言われた時の戸惑いが蘇ってくるかのように、頭の中がまた混乱してくる。

「玉の輿狙いとか、図々しいとか、もう何がなんだか……。まあ確かに、三十路《みそじ》間近な女が九つも年下の青年を好きになるなんて、図々しいとは思うけどね」

また自嘲するような笑みを浮かべてしまった。笑いたくなんかないのに、どういう顔をしていいのかもわからない。わからなくて、つい、中途半端な自虐に走ってしまう。それがみっともないことだとわかっているのに。

そんな私を、航は黙って見つめている。怒っているようにも、悲しんでいるようにも見える顔で。

「航はわかる？　彼女が口にした言葉の意味。もしわかるなら教えてほしい。ホテル王の息子って、どういうことなのかな」

「……」

「彼女が言うように、私は航のことをよく知らない。知っていることもあるけど、ごく僅かだと思う。……だから知りたいの、もっと、航のこと」

航は相変わらず黙って聞いている。けど、私を見ていた目は徐々に伏せられ、今はただじっと食べかけのシチューを見つめている。

「航が自分のことを話したがらないのはわかってたし、話したくないなら無理に話さなくてもいいって思ってた。誰にでもあると思うから、触れてほしくないことって。でも……」

好きになればなるほど、知りたいと思う気持ちは強くなっていった。その気持ちも包み隠さずに告げた。傲慢だと思われてもいい、そう思ってしまうことも。

航の視線が私に戻される。真っすぐに向けられた眼差しは、さっきと少し違う。どこか切なそうなその瞳には、苦悩する私を労《いた》わるかのような、そんな優しさが滲《にじ》んでいる。

「アルテミスリゾートグループのＣＥＯ、俺の父親」

「え……」

驚きつつも、悠馬から聞いた『ＣＥＯに会わせろとか言ってた』という言葉を思い出す。

「だからあいつ風に言えば、俺はホテル王の息子ってことになる」

「本当、なの……？」

うん、と頷く航は、僅かに微笑んでいた。その表情が何を意味するのか、今の私にはまだわからない。今言われたことを理解しようとするだけで、精一杯だ。

（航が、あの……）

検索して現れた、美しい景色の中の豪華なホテルの建物が脳裏に浮かぶ。あんな煌びやかなホテルを世界中で展開しているグループのトップが航の父親だなんて、にわかには信じられない。

そもそもどうしてそんなセレブの息子があんな道端で座り込んでいたのか。職なし家なしお金なしで転がり込んできたのはなぜなのか。くしゃくしゃのお札を手に、泊めてほしいと訴えてきたのは、いったいどういうことだったのか。

航の告白が真実ならば、それらの答えはますますわからなくなる。

「驚いた？」

「……驚くよ。驚くに決まってる。というか信じられない」

「でも事実。正確には隠し子だけど」

「えっ？」

「息子は息子でも愛人の子。あの世界屈指のホテルグループCEOのね」

（ちょっと待って……もう本当に頭が追いつかない）

思考が止まりそうになった私の目に映った航は、また僅かに微笑んでいた。そしてその微笑みは、航の自嘲であることに気付く。自分で自分を嘲笑うその顔には、私の自嘲なんかとは比べ物にならないほどの、深く濃い影が浮かんでいるように見えた。それくらい『隠し子』という言葉のインパクトは強い。

（自分のことを話したがらなかったのはそれで……）

そして、航があのアルテミスホテルの建設現場にいたことも、単なる偶然ではなかったということなのだろう。

（全てが繋がった……ってこと？）

全てが真実なら、そういうことになる。そしてそれは、知りたいと思っていたことを知ることができたということでもある。

なのに、心が痛い。知りたいと思っていた以上のことを知ってしまったから。航の自嘲の裏にあるものが、自虐ではなく、自棄《じき》であると感じてしまったから。

「まだ信じられない？」

「気持ち的にはまだ。でも、航がそう言うなら、真実なんだろうなって思う。航は、黙ることはあっても、嘘をつくような人じゃないから」

「……」

一瞬驚いたような顔をした航は、またすぐに微笑んだ。それはいつもの航らしい、柔らかな微笑みだ。

（なんでそんな優しい目をするの？　言わせたくないことを言わせてしまったのに……）

聞くべきではなかったのかもと後悔しかけた私の髪に、航がそっと触れた。その目は、愛おし気に細められている。

「やっぱなんか意味あったのかな、あの日あそこで冬和に出会ったのって」

らしくないことを口にした航は、そのまま、あの日に至る経緯を語り出した。

＊　＊　＊

あの日の少し前、俺はシンガポールまで父親に会いに行った。二十歳になったのを機に、もう俺たち母子《おやこ》には関わらないでほしいと告げるために。

「そうです、ここのＣＥＯに会いたいんです。今すぐ」

「申し訳ありません。そういったご要望にはお応え致し兼ねますので」

「日本から水月航が来ていると伝えてください。そう言えばわかります」

「そうおっしゃられましても」

拙い英語でそんなやり取りを繰り返した。もちろんアポなし訪問だ。けど俺は、周囲の目も気にせず粘った。その甲斐《かい》あってか、やがて相手は折れた。

「五十一階のエグゼクティブルームでお待ちしているとのことです……」

「ありがとうございます！」

連絡を取ってくれたコンシェルジュに礼を言い、高速エレベーターで五十一階へ向かった。そして指定された部屋に行くと、あの人が笑顔で待っていた。ヘンリー秋山《あきやま》、このアルテミスリゾートグループのCEOであり、俺の父親とされる人物だ。英国人の父と日本人の母を持つハーフの彼は、その端正な顔を思いっきり崩した。

「航！　よく来てくれたね！」

ハグされそうになるも、もちろん避《よ》けた。俺と母親に接する時だけに聞くこの変に流暢な日本語が、俺は苦手だ。

そんな彼に、これまでの『多大なる援助』に表面上の感謝を述べた上で、「もう終わりにしてほしい」と申し入れた。反発はあれど、彼の援助により何不自由なく育ってきたのは事実だ。感謝の気持ちが全くないわけではない。でも、金だけ出しておけばいいという態度は、どうしても気に入らない。遠く離れた地で、認知もしていない子どもにただ毎月送金だけしてくる世界的セレブ。そんな男が父親だなんて、はっきり言って気持ち悪いだけだ。だからけじめをつけに来たのだ、金の切れ目が縁の切れ目となるように。

「そうか、もう二十歳だもんな。航の気持ちはわかった。だが父親として——」

「だからもういいんだって、そういうのは」

「……わかったよ、もう援助はやめよう。寂しさはあるが、航がわざわざ日本から来てくれた。父さんはそれだけで満足だ」

自ら『父さん』と口にする時点で、この人は何もわかっていない。俺の気持ちなど、これっぽっちも。

幼い頃から『妾《めかけ》の子』とからかわれ、その言葉の意味もわからずに仲間外れにされた。母子家庭なのにやけに裕福に見える服や持ち物を身に着けていたため、周囲の母親たちは好んで噂したのだ。そしてその言葉の意味を理解する頃には、すっかり孤独にも慣れていた。

その一方で、心の通わない援助というものがどんどん鬱陶しくなっていった。頼りたくない、自分のことは自分で何とかしたい。日増しにその思いは強くなった。大学進学も見送った。行きたくなった時に、自分で稼いだ金で行けばいい。そう心に決めて。

けど、そんな思いに至ったのはほんの数年前。子どもだった頃の俺は、孤独には慣れてきても、一人で夜を過ごすことにもなかなか慣れることができない気弱な少年だった。

父親からの送金があるにもかかわらず、母は夜の仕事を辞めようとしなかった。俺には贅沢《ぜいたく》と思えるほどのものを与えるくせして、自分は質素倹約を通し、夜の仕事を続けた母。それが夫になることを拒否した者への抵抗なのか、単なる意地なのかは知らない。

おかげで俺は夜、いつも一人だった。

とにかく寂しく怖かった。

風が木々を揺らすだけでも身が縮みそうだった。

「お母さん」と呼んでも返事すらない。当然だよ、いないんだから。

たまに夜でも母が家にいることはあったけど、そういう時は決まって誰かと電話で話していた。深夜に、俺に背を向け、隠れるようにして話す母の声は、大抵は涙混じり。

今思えば、世界中を飛び回っているこの人と、声だけでの逢瀬《おうせ》を重ねていたのだろう。道ならぬ恋の果てが深夜の国際電話って、笑わせてくれるよ。

外が明るくなるのを待つあの時間が今でも苦手だ。あの涙混じりの母の声が聞こえてきそうで。

そんな俺のことなど、この人には絶対に理解できないだろう。けど、もういい。今後援助はしないという承諾は得たのだ。

「わかってもらえたならよかった。俺はそれだけで満足だよ、父さん」

嘘と皮肉と嫌味しか口にしていない俺に笑みを浮かべる人と別れ、俺は日本へ戻った。

けど、結局それで縁が切れることはなく――

帰国後間もなく、母親から「就職先を紹介する」と連絡があった。父親に直接援助を断ったことは伝えていたため、母も心配していたのだろう。俺自身も、働いていたバイト先が閉店となり、そろそろ本格的に定職につくことを考えていた。だから母からの話を素直に受け止め、指示された面接場所に向かった。けどそこには、思いも寄らない人が待っていた。

「航。また会えて嬉しいよ」

「……どうして」

「母さんから聞いてるだろ、就職先の話だ」

「だからどうしてそれをあなたが」

現れたのは父親で、横浜に来夏オープン予定のホテルの現地視察で来日していたという。ちょうどそのタイミングで母から連絡があったため、そのホテルで働かないかという話だった。

「もう援助はしないって……」

「援助じゃない。お前を我がグループに迎えて給料を支給する。それなら問題ないだろう」

問題ないわけがない。というより、やっぱりこの人は何もわかっていない。

(我がグループに迎えって、認知のつもりか?)

しかも俺に与える職はリネン庫の整理係だという。もちろん裏方であるその仕事に対して文句があるわけではない。ただ、結局この人にとっての俺は『表に出したくない存在』なんだってことがよくわかった。

（そのくせ父親面したがる……）

それがどうにも許せないし腹が立つ。

「ふざけんな……」

「航？」

「バカにするのもいい加減にしろ！　二度と俺に関わるな!!」

思わず叫んだ俺は、呼び止める声に振り向きもせずにその場を離れた。


怒りとやるせなさを抱え、好きでもない酒を浴びるように飲んだ。そして気付けば、どこかの建設現場前の道に座り込んでいた。酔った目に映ったのは、その建設現場がアルテミスリゾートグループのホテルだと明記する看板だった。笑えたよ、もう全てがどうでもよく思えてきた。何時間その場に座り込んでいたのか覚えていない。やがてよろよろと立ち上がり、そのまま、ただふらふらとあの近辺を彷徨《さまよ》うように歩き回った。そのうち日も暮れて、疲れ果てて、再び道端に座り込むと、いつしか眠ってしまったんだ。

「お腹……すいてるの？」

その声に、ゆっくりと顔を上げた。

酔いは醒《さ》めていたが、寒さと空腹で頭がボーッとしてしまい、ただ視線だけをその人に向けた。

「……ウチくる？」

（マジか……）

最初にその人の手を掴んだのは俺の方だった。スマホを取り出したのがわかったから、警察に通報でもされたら面倒くさいと思って。けどその人は、警察ではなく救急車を呼ぼうとした。拒否するも、具合が悪いのではとか、痛いところはないかとか、ウザいほどに俺の身を案じた。けどまさか、家に来るかとまで言ってくるとは。

（こんな人もいるんだな……）

半分呆れながらも、正直有難いと思ったよ。

とにかく寒い。どこでもいいから暖かい場所に行きたい。俺は頷いた。

「じゃあ、おいで」

「……」

差し出された手を取ると、その人は両手で俺の手を包み込んだ。真冬の夜に、そこだけ陽だまりができたかのように、暖かかった。

＊　＊　＊

「簡単に言うと、そんな感じ」

「そうだったんだ……」

航は、あの日なぜあの路地裏にいたのかを、それまでの経緯と共に話してくれた。少し辛そうに、それでいて丁寧に。

「あの時の冬和の手、すごくあったかくて……離したくないって思った」

（離したくないっていうより、離さないでって感じだったな……）

私も一緒にあの時のことを思い出していた。あの路地裏で座り込んでいた航に、まさかそんな事情があったなんて、想像もつかなかった。今こうして事実を知らされても、まだ想像がつかないくらいだ。大富豪の隠し子で、父親とはお金だけでしか繋がっていない。それがどれだけ辛く虚《むな》しいことか、私とは生きる世界が違いすぎて、イメージするのも難しい。でも、今までの航の言動の裏にあったのは、きっとそれだったのだと思い至る。買い物代を自分で払うと言い張ったのも、スマホ代や外食代でさえも『出世払い』に拘《こだわ》ることも、父親との関係が要因だったのだろうと。

「できればこの話はしたくなかった。だから黙ってた。ごめん……」

「ううん」

色々と大変だったんだね……そんな言葉が浮かぶ。でも、そんな言葉では表せないほどの思いをしてきたのだろうと思うと、軽々しく口にはできない。その代わりに、私はそっと航を抱きしめた。

それが何のためになるのかもわからないけど、そうせずにはいられなかった。

「話してくれてありがとう」

「……」

突然抱きしめられて戸惑っているのか、航は抱きしめ返すでもなくただじっとしている。

（あったかい……）

あの時のようにそう感じているのかもしれない。

しばらくそのままでいると、やがて航はぽつりと呟く。

「なるべく早く出てくから」

「え……」

予想していなかった言葉に、思わず身体を離した。

「迷惑でしょ、こんな面倒な身の上の男に転がり込まれて」

「そんなこと――」

「それに……」

否定しようとする私を遮っておきながら、航はそこで言《い》い淀《よど》んだ。喉元まで出かかった言葉を無理に呑み込もうとしたのだろう、その顔が僅かに歪《ゆが》む。

「それに、何……？」

「いや、ごめん、何でもない」

促した私に、航は誤魔化すように微笑んだ。その微笑みも、どこか苦し気に見えた。そんな顔をする航に、それ以上聞こうとは思わない。もちろん何を言いかけたのかは気になる。物凄く。

でも航は、できればしたくなかったという話をしてくれた。それだけでもう、十分だ。

「初任給出るまでっていう約束ではあったけど、急ぐことないからね」

迷惑だとも、面倒な身の上だとも思っていないと伝えたくて、そう告げた。

「いくらでも延長可能。航との生活、楽しいから」

「……そっか。じゃあ給料もらってからゆっくり考えるよ」

「うん。手伝えることあったら言って。部屋探しとか、何でも協力する」

「冬和、いい人すぎ」

ほころんだ航の顔は、苦し気でも寂し気でもなく、ただ純粋に、柔らかで美しかった。


「ん……」

すっかり冷めてしまったシチューを食べ終え、後片付けもお風呂も済ませた私たちは、どちらからともなく唇を寄せ合った。

テレビの音を聞きながらソファーで交わすキスはまったりと穏やかで、温かな毛布に包まれるかのように優しい。息が苦しいほどの激しいキスもいいけれど、こういう柔らかなキスも、航らしくて好きだ。

髪を撫でられながら、頬を包まれながら、おでこや鼻や、顎にもキスが降る。

「航……好きだよ」

キスが離れた唇で、そう囁かずにはいられなくなる。そんな私を見つめる航の目が、少し潤んでいるように見えた。そしてそのグレーの瞳は、月の光を宿したかのように澄んでいる。

胸の奥底に沈めていたことを吐き出し、少しは楽になれたのかもしれない。そうだったらいいな、と思っていると、降り注ぐ航のキスがふと止まった。

「ベッドで」

「……うん」

頷くと、ソファーに沈む身体は、ふわりと抱き上げられた。


「冬和……」

「あっ、んん……」

ベッドまで私を運んだ航は、今までにないくらい情熱的に私を求めてきた。

熱いキスを交わしながら、荒々しいほどの手つきでパジャマを脱がされる。その勢いに圧倒されつつ、私も航の服を脱がしていく。

「航……」

一瞬離れた唇を、その名の形にして囁いた。その唇が、すぐにまた塞がれる。

「んんっ」

口の中でも抱き合うように、お互いの赤く柔らかなものを絡み合わせる。ぴちゃぴちゃと響く水音に煽られるように、身体が熱くなってくる。航の首に腕を回すと、更にキスは深くなった。呼吸もままならないほどの口づけは、苦しいのに甘い。大きく息を吸いたいのに、絡み合う舌を解きたくない。

この肌、この髪、この息遣い、この匂い、この温もり、全てが愛おしい。

「はぁ……」

熱い吐息が漏れた瞬間、唇が離れた。首に回した手が解け、二人の目が合う。澄んだ輝きはいつもの航の瞳。けどそこに帯びている熱は、これまで見たどの時よりも強い。

やがて首筋にキスが落とされ、同時に航の大きな手がそっと胸を覆った。ゆっくりと優しく揉まれながら、首筋から徐々に下りてくる舌で、鎖骨や肩先を愛撫される。

「んっ、くすぐったい……」

「じゃあこっちに」

「あっ」

胸の先端を舌先でつつかれた。そのまま口に含まれ、ころころと転がされる。そうかと思えば軽く食まれ、同時にもう片方の先端を指先で弄ばれる。

「あんっ、あぁっ」

これまで何度となく味わった快感に襲われているうちに、航の舌が下腹部へと下りていった。そのまま更に下へと熱い舌を這わせていくと、航はそっと私の足を広げる。反射的に閉じようとするも、そこにはもう航の頭があり、内ももでその頭をぎゅっと挟んでしまった。

「頭まで締め付ける気？」

冗談っぽい柔らかな声とは裏腹に、航は更にグッと私の足を押し広げた。

「やっ……ああっん！」

無防備に開かれた蜜壺の入り口を舐められ、ビクンと身体が震えた。滴り落ちる蜜を掬《すく》いあげるような舌の動きに、全身の肌が粟立《あわだ》つ。

「冬和の味、甘酸っぱい」

「や……いっ、ああっ」

茂みに隠れた小さな花芽を舌先でつつかれ、思わず腰が浮く。その腰をしっかりと押さえられ、更に花芽を刺激される。

「あ、あ、あぁぁんっ」

掬った蜜を塗るように丁寧に舐められ、押さえられた腰がくねくねと動いてしまう。

「だいぶ膨らんできたね」

「あっ、ああっ……！」

花芽が蕾へと変化する頃、航の長い指が、その下にある花弁をかき分けて奥に入ってきた。

「やっ、ダメっ、いっ、んんっ」

「ダメじゃないよ。すごい潤ってる」

クチュクチュといやらしい音を立てる自分の身体が恥ずかしい。でも、そんな音を立ててまで航を欲してしまうことに嬉しさも感じる。それほどまでに航を好きになれたのだと思えて。

「んっ、あぁっ、航……来て……」

自分でも信じられない言葉が口を衝いて出た。

早く航が欲しい、その気持ちが抑えられない。

「待って、すぐ行くから」

航は手早く避妊具を装着すると、熱く硬直した屹立を私の『すごい潤ってる』場所へ押し当てた。そこに溢れる蜜をたっぷりと纏わせ、ゆっくりと襞《ひだ》の奥へと入ってくる。

「んっ、あっ、あぁぁ、ああっ」

背中をのけぞらせた私の太ももを持ち上げた航は、自身のモノをグッと私の中に埋め、攻めてくる。

「もっと、冬和の奥まで……！」

真実を語って解放されたからなのか、素直な感情をぶつけてくるかのような激しさで腰を打ち付けてくる。

「あっ、航っ、ああっ」

硬く凛々しい航の芯部が、蜜で潤った洞窟内で激しく動く。強く突かれる度に甘い悲鳴を上げ、全身で航の熱を感じ取る。もっと強く深く愛されたい、そう願いながら。

私も航と同じで、真実を知らされたことに喜びと安堵を感じたからこそ、この熱くなった身体を存分に解放できている。航はそんな私の手を取り、指を絡めてきた。しっかりと握り合うと、打ち付けられる腰のスピードも上がっていく。粘膜をこすり上げられる快感に震え、震えれば震えるほど下腹部に力が入り、中で脈打つ航を強く締め付けてしまう。

「あ、んあ、あっ、はあっ」

「ハァ、ハァ、ハァッ」

私の声に合わせるように航の息遣いも激しくなっていく。そんな航の顔を見たくなって、うっすらと目を開けた。

「冬、和……」

繋がったまま目が合った航は、吐息混じりの声で私の名を呼んだ。快感を堪《こら》えるような表情が、とてつもなく愛おしい。

「航ぅ……」

呼びかけに答えた私の声も、甘く蕩《とろ》けるように吐息に紛れていく。

「愛、してる……航。……好き……」

航が何者でも、この気持ちは変わらない。むしろ、どんどん強くなるばかりだ。打ち明けてくれた真実に、その真実に傷ついてきた航の心に、寄り添っていきたい。これからも航のそばで。それが今の私の、心からの願いだ。

「冬和、そろそろ俺……」

「うん……あっ、んんっ……あっあっ、いぁっ」

航の動きが一段と速くなった。その熱と振動に揺さぶられ、息も絶え絶えに航の身体にしがみつく。

「くっ……いく……冬、和……っ」

「あ、あ、航っ……あぁぁぁっっ」

気が遠くなりそうなほどの幸福感と絶頂を味わい、私たちは二人一緒に天を仰いだ。

6　好きな人といるために

一夜明け、二人で休める日曜日を迎えた。

「そういえば、航は最初、私のことウザいって思ってたんだね」

お昼近くまでベッドの中でまどろみ、私は冗談半分でそんな話を蒸し返した。

「なんだよ急に」

「昨日言ってたでしょ？　ウザいほどに俺の身を案じてたとか」

「お陰で今ここにいる」

「まあ、そうだけど」

「そろそろ起きよ、おせっかいさん」

おでこに小さなキスを落とすと、するりとしなやかな動きでベッドから出る航。猫っぽい身のこなしを微笑ましく思いつつ、シャツを羽織る背中に寂しさも感じる。

（もう少しじゃれ合っていたかったな）

後ろ髪を引かれる私の耳に「腹減った」と呟く声が届き、諦めと愛しさをもって私もその身を起こした。

「朝メシっていう時間でもないし……何作ろう」

既にキッチンに立っている航は、一人でブツブツ言っている。そんな彼を横目に見ながら、私はいつものように窓辺の植物たちに声を掛け、水をあげていく。ハート形の葉を茂らすアジアンタムがいつになく可愛く見えるのは、今の自分の胸にも、こんな風にハートが詰まっているからかもしれない。なんて乙女チックなことを思っていると、キッチンから航の声が届く。

「イタリアンパセリ、ちょっと収穫して」

「あ、うん。何作るの？」

「玉子とベーコン、マフィンもあるし、エッグベネディクトに決めた」

「エッグ……」

「ベネディクト」

聞いたことも見たことも食べたこともある。けど、作ったことはない。それを家で食べられるとは思っていなかった私は「いいね！」と笑顔を返した。


「美味しい～！　やっぱ天才だよ航！」

「大げさ。焼いたマフィンにポーチドエッグを乗せてソースかけただけ」

そっけなく言いつつも、航はこのホテルのブランチメニューのような豪華でお洒落な料理の作り方を、少し得意げに教えてくれる。トロトロの黄色いソースはチーズに見えるけど、そうではないらしい。

「これはオランデーズソースっていって、卵黄、塩、レモン汁を六十度くらいの湯せんにかけながらよくかき混ぜ、そこに溶かしバターを少しずつ加えて乳化させれば出来上がり」

簡単そうに言うけど、湯せん、溶かしバター、乳化と聞いただけで私はお手上げだ。

「とにかく美味しい」

「その顔見ればわかる」

微笑み合い、まったりとブランチを味わう。物凄い事実を聞かされたあとなのに、不思議なほど穏やかな気持ちでいられる。目の前にいる航も、物凄い重大発表をしたあととは思えないほど普段通りの穏やかさだ。

（普通の男の子だよね）

なんて思ってしまい、思わず口元が緩んだ。

「なに？」

「あ、ううん……なんか夕べ聞いた話が嘘みたいだなって思って」

正直に言うと、航は薄くて形のいい唇を少し尖らせた。

「だから話したくなかったんだよ」

そういう目で見られるのが嫌だと、拗ねたように言う。

「ごめん。他意はないの」

すぐに謝るも、そんな拗ねた顔も可愛いなと思ってしまった。

「嬉しいなって思っただけ。航が話してくれたあとも、今までと変わらない穏やかさがここにあることが」

「……ならいいけど」

尖らせていた唇を緩めた航は、コーヒーを一口飲んでから呟いた。


「ここなんてどう？　駅からちょっと遠いけど、キッチン広めだよ」

「こっちは駅近。けど北向きで寒そ……」

ブランチを終えて、ソファーで寛ぎながら航の引っ越し先を一緒に検索し始めた。お互いのスマホ画面を見せ合い、あーでもないこーでもないと言いながら検索を続ける。「二人で住めそうなほど広い」とか「築四五年はちょっと怖い」とか、それはそれで楽しい。でも、やはり寂しさも感じる。『初任給出るまで』には拘らなくていいと伝え、航も急がないとは言ってくれたけれど。

（それならいっそ……）

「なんならずっとここに居てもいいけどね」

冗談めかして言ってみるも、「それじゃ甘えすぎ」と一笑に付されてしまった。

「そっか。そうだよね」

胸に僅かな痛みを感じつつ、航の笑みに応えるように微笑んだ。『援助』を嫌う航だからこその自立心なのであれば、それを妨げる存在にはなりたくない。

「ちょっと散歩にでも行く？」

「ついでに不動産屋でも覗いてみるかな」

気分転換に外に出ることになり、ソファーから立ち上がったちょうどその時、スマホが震え出した。

「理香子からだ。何だろう？」

「出て。着替えて待ってる」

「うん、ありがとう」

航も立ち上がり、私は電話に出た。

『今、電話大丈夫？』

少しならと言うと、理香子は『彼に確認した？』と聞いてきた。この前こちらから話したことが気になっていたらしい。

「報告してなくてごめん。全部事実だった」

さりげなく窓辺に移動した私は、航に背を向けて声を落として答えた。

『全部ってことは、ホテル王の息子ってやつも？』

「うん。それも含めて、全部」

当然のごとく驚く理香子に「詳しくはまた今度」と告げ、電話を切った。

「ごめんね航、終わっ――」

「もしかして俺のこと？」

振り返ると、すぐ後ろに航が立っていた。

「話したの？」

詰め寄るように聞いてくるその瞳は、情熱的だった昨夜とは別人のように冷え切った光を宿している。

「理香子には色々と相談に乗ってもらってたから……」

「――所詮、冬和も……」

「え？」

ボソッと呟いた声は、最後まで聞き取れなかった。

「今なんて？」

「別に、何でもない」

視線を逸らした航の顔は、明らかに強張っている。

「ねえ、航」

「本当に何でもないから」

「んっ！」

突然のキスで唇を塞がれた。私を黙らせるためだけの、甘さの欠片もないキスだ。

「ん……やめてっ」

航の胸に手をやり、グッと押しやった。

「なんで急にこんなこと」

「キスしたくなったからした」

「……そうじゃないよね？　理香子に話したことを怒ってるの？」

航は視線を逸らしたまま答えない。

「勝手に話したことはごめんなさい。でも本当に、ただ恋の相談っていうか、話を聞いてもらってただけで」

「自慢したくなった？」

「え……？」

「アルテミスリゾートグループCEOの息子を捕まえたって」

「……何言ってるの？」

「ずっとここにいていいとか言ってたけど、それって金持ちの息子を手放したくないからなんじゃないの？」

「何それ……そんな風に思ってたの!?」

「いつもだいたいそんなもんだから。素性を知ると、見る目が変わる。もう慣れてるけど」

「そんな……」

怒りとも悲しみともつかない感情に呑み込まれ、言葉を失った。何をどう否定して、何にどう反論すればいいのかもわからなくなる。

航の素性を知って、無意識のうちに彼を見る目が変わった？　そんなはずはない。むしろその逆で、何も変わらない。今朝もそれを実感したばかりだ。だからこれからも一緒にいたいって。

（航もそうだったんじゃないの？　だから私たちは昨日、あんなにお互いを……）

すがるような思いで航を見つめる。航も真っすぐに私を見ている。なのに——

その瞳には何も映っていないかのような、空虚な顔。

（……同じ思いで求め合ったと思ってたのは私だけ？　こんな言葉を投げつけられるほど、私は航に信用されてなかったの？）

「わからないよ……もう」

航の気持ちが見えない。目の前にあるその姿さえも、滲む涙で霞《かす》んでしまう。

「ねえ航、私は何も——」

「出て行くよ」

ほぼ同時だった。私の呼びかけと、航が背中を向けたのは。

『何も変わらない』

そう訴えようとした私と、視線を合わせることなく航は言う。

「俺もうわからない、冬和を信じていいのか」

氷のつぶてを投げられたかのようだった。それくらい鋭くて、冷え切った声だった。

そのままゆっくりとした足取りで玄関へと向かう航。

追いかけたいのに、引き止めたいのに、声も足も出せずに動けなくなる。向けられた背中とその呟きに、航の絶望と拒絶を感じてしまって。

（航……）

一瞬開いたドアから流れ込んだ北風は、頬を伝う涙を凍らせてしまいそうなほど、冷たかった。


（あぁ、情けない）

航が出て行った翌日、いつも通り出勤した私は、仕事でミスをした。輸入申告に必要な書類の不備で、税関から呼び出されたのだ。白井さんには『らしくないミス』と言われ、真理恵にも『何かあった？』と心配されてしまった。

「はぁ……」

添付忘れの書類を急きょ届けに行った帰り道、人目も憚《はばか》らず大きなため息を漏らしながら昨日のことを振り返る。

結局、あのまま航は戻って来なかった。航の拒絶を痛いほどに感じた私は暫く動けず、漸く気を取り直して外へ飛び出した時には、もうどこにも彼の姿は見つからなかった。近所を走り、駅に行き、駅前のスーパーも一回りし、覗いてみようかと言っていた不動産屋にも足を運んだけれど。電話しても出ないし、メッセージも既読にならない。仕方なく家に戻り、そのまま朝を迎えた。ほぼ眠れないままに。

だからといって、書類不備なんて初歩的なミスを犯してしまった理由にはならない。

（ちゃんとバイトには行ったのかな……）

仕事を終えたら寄ってみようか。いや、今夜には戻るかもしれないし、このままもう暫く様子を見た方がいいか。そんな思いを行ったり来たりさせながら、会社へと戻る。途中、あの建設現場が遠目に見え、思わず足を止めた。

（夕べはどこで過ごしたんだろう？　また寒さに震えてたんじゃ……）

再び歩き出すも、心配は尽きないままだった。

そして早くも一週間が過ぎた。けど航はあのまま戻っていない。連絡もないし、メッセージにも相変わらず既読はつかない。私自身も、もう三日ほど前から電話もメッセージの送信もやめてしまった。きっとまた『ウザい』と思っているだろうから。

それなのに、今日はバイト先まで来てしまった。とりあえず安否だけでも確かめたくて。

「何してるんですか？」

店の外から窺っていると、後ろから声が掛かった。

「航ならいませんよ」

聞き覚えのある声に振り向くと、案の定、マンション前まで来た『由衣』というあの子が立っていた。

「いないって、お休み？」

「……もしかして、逃げられたんですか？」

由衣さんは、勝ち誇ったようにニヤリと笑う。

「昨日を最後に辞めたって。今、大将から聞きました」

「辞めた……んだ」

せっかく見つけたバイトを辞めてしまったなんて。また路頭に迷ってしまうのではないかと心配になる。そして、『理香子に話した』という私の軽率な行動が航をそこまで追い詰めてしまったのかと思うと、胸が痛んだ。そんな私に、由衣さんは蔑むような目を向けてくる。

「残念でしたね、めっちゃ大きな魚を逃がしちゃって」

「大きなって……航がアルテミスリゾートグループＣＥＯの息子だから？」

「……」

「あなたが言っていたホテル王の息子って、そういうことだったのね」

隠し子であることも聞いたと話すと、彼女はひどく驚いた顔をした。一瞬目を見開き、呑み込みかけた言葉をゆっくりと引き戻すように聞いてくる。

「……それも航が？」

「小さい頃から辛い思いをしてきたことも、全部話してくれた。あなたはその頃の航も知ってるのね」

「……幼馴染《おさななじ》みなんで」

「ちょっと羨ましいな。私は本当に何も知らなかったから、航のこと」

「けど、今は全て知ってる。それも航自身の口から聞かされて……ですよね？」

「そう、だけど……」

「それって、私的には結構衝撃っていうか、ムカつくっていうか」

腕を組んだ由衣さんは、一度ふっと視線を逸らすと、再び私を見据えた。

「航に話させた責任、ちゃんと取ってください。あなたが逃がしたんだから、あなたが捕まえてよ、冬和さん。……私じゃダメみたいだから」

最後の言葉には、彼女らしくない弱さが滲んだ。

「正体を知って欲望をむき出しにする女たちから航を守らなきゃって、勝手に思ってきました。でももう、その必要はないのかも……」

由衣さんの目から力が抜けていく。諦めのようにも、安堵のようにも見えるその目は、真っすぐに私に向けられたままだ。

（……この子も本当に航が好きなんだな）

それは初めて会った時からわかっていた。攻撃的だったり、嘲笑ったり、蔑むような目を向けてきたりするのも、それが理由であることくらい気付いていた。彼女はずっと『航を守る』という役目を通して彼を想《おも》ってきたのだろう。でもその役目はもう――

「ねえ由衣さん、航って昔からあんな感じの子だったの？」

「……私の名前も聞いてるんだ」

呟くように言った彼女は、改めて驚いたような顔をした。その上で私の問いかけに答えてくれる。

「子どもの頃からあんな感じでしたよ、航は」

「何考えてるのかよくわからなくて、掴みどころがなくて？」

「そのくせ変に素直だったりするし、クソ真面目」

「そう！」

「あのまんまです、昔から」

「そうなんだ。ちょっと面倒くさいよね」

冗談めかして言うと、由衣さんは少し困ったように「まあ」と頷いた。

「でも、そんな航だから放っておけないし、そばにいて寄り添いたいって思うの」

その根底には『好きだからそばにいたい』というシンプルな想いがある。

「あなたがしてきたように彼を守れるかどうかはわからないけど、私が彼を必要としているのは確かだから」

「……たぶん、航も冬和さんを必要としてます」

「だといいんだけど」

そっと微笑むと、由衣さんも遠慮がちな笑みを浮かべた。そこにはもう、敵意は感じられない。

「航のこと、よろしくお願いします」

「……見つけたらあなたにも連絡するように伝えるから」

最後は「心配ばかりかけてホント困ったヤツですね！」と二十歳の女の子らしい笑顔を見せて、由衣さんは去っていった。


由衣さんを見送ったあと、私は早速その足で航を探し始めた。とはいえ、連絡は相変わらずつかないし、バイトも辞めてしまっている。となれば、とにかく思い当たるところに足を運ぶしかない。

初めて買い物に連れていったショッピングモール、初めて手を繋いだ中華街、横浜案内を頼まれて行った港の見える丘公園、そのあとにランチを楽しんだカジュアルフレンチのお店、遠い目をしてあの建設現場を眺めていたマリンタワーの展望台。二人で行った場所を次々に巡った。

でも、そう簡単に見つかるはずもなく——

疲れ果てて行きついたそこは、初めて航を見かけたあのホテル建設現場前だった。とっくに日は暮れ、辺りはもう薄暗くなっている。そしてそこでも、航の姿を見つけることはできなかった。

（航……どこにいるの？）

途方に暮れた私は、思わずその場にしゃがみ込みたくなる。航が座り込んでいた、その場所に。

行き交う人も多い通りで、当然そんなことはできないけれど。

（もうこのまま会えないのかな……）

もっと早くあの店に行けばよかった。航がバイトを辞める前に。

押し寄せる後悔が、冷気となって私を呑み込んでいく。寒さに震えていた航を思い出しながら自分で自分を抱きしめ、私は暫くそこに立ち尽くしていた。


航を見つけることができないまま帰宅した。

真っ暗な部屋の電気をつけ、コンビニで買ってきたお弁当を食べる。

食事を終えたらお風呂に入り、一日の疲れを癒やす。

肌を整え、髪を乾かし、テレビを消す。

電気を消してベッドに入り、音のない世界に包まれる。

ついこの間まで私の日常だったルーティーン。なのに。

（……一人の夜がこんなにも寂しく感じてしまうなんて）

でも、航が抱えてきた寂しさに比べたら――

「苦しそうだったな、航」

全てを話してくれた時の、目元も口元も疎まし気に歪めていたあの顔が脳裏に浮かぶ。

父親との関係のみならず、母親にも甘えたくても甘えられなかった幼い頃の航。風の音に怯えながら一人で過ごす暗くて長い夜は、どんなに心細かったことだろう。

航が思い出させてくれた、誰かと一緒にいる幸せと温かさ。それは、航にこそ感じてほしいものだ。

夜が嫌いになるほどの孤独から解放してあげたい。そばに寄り添い、力になりたい。

そのためにはどうすれば――

（……私ももっとちゃんと向き合わなきゃいけないのかも、航が抱えている問題に）

住む世界が違いすぎるのは確かだけど、だからこそ知る必要があるのかもしれない。航を悩ませている、遠い世界のことを。

ベッドサイドに置いたスマホを手に取り、検索サイトの履歴に残る『アルテミスリゾートグループ』をタップした。公式サイトには、あの美しい景色と豪華なホテルの映像が流れる。

（やっぱり別世界だな……）

寝転んだまま画面を見ていると、いつか目にした『お知らせ欄』に、あの建設中のホテルでの求人案内がアップされていることに気付いた。そこには、今後の求人に関する説明会開催の知らせが記されている。

（今度の土曜日か……行ってみようかな？）

そこで何を得られるかなんてわからない。でも、遠い世界だからとただ静観しているだけでは何も変わらない。どんな世界なのかを確認するためにも、行く価値はある。きっと。

（決めた！　行ってみよう！）

ベッドから身を起こした私は、そのままの勢いで求人説明会への参加申し込みを済ませた。


そして土曜日。参加申し込みの確認メールに記載されていた会場にやってきた。建設現場近くにある広大なイベント施設で開催された会場には、老若男女問わず多くの人が集まっている。

（求人説明でこの規模……やっぱすごい）

大きなスクリーンでホテル内の完成予定図を見せながら、一つ一つの職種が丁寧に説明されていき、その数と応募人数の多さに改めて驚かされる。配られたパンフレットも求人案内とは思えないほど豪華で、応募専用アプリの二次元バーコードが掲載されている。

「このように、オープニングスタッフは多種多様な職種となりますので、専用アプリをダウンロードの上、ご希望の職種にご応募いただきますようお願い申し上げます」

説明会はつつがなく終わり、参加者たちがぞろぞろと会場から出て行く。私もその波に加わった。ここへ来た意味はあったのか、なかったのか、などと考えながら歩いていると、人波の向こうで会場スタッフに囲まれる人物が目に留まった。

見るからに高級そうなスーツを着こなし、高くスッとした鼻梁《びりょう》を持つ、品のある横顔。

(もしや……)

航が口にしていた『ヘンリー秋山』という名前が頭に浮かぶ。同時に、CEOが直々に求人説明会に顔を出すだろうかとも思う。

(でも、もしそうだとしたら、これはチャンスだ!)

思うと同時に、私は出口へ向かう人波から駆け出していた。

「あの!」

勢いに任せて声を上げると、その人が振り向いた。同時に周りから黒服の男性が駆け寄り、あっという間に取り囲まれる。

「あ、怪しい者じゃありません! 私は……水月航さんの友人です!」

一度振り向いたその人が行ってしまいそうになり、思わず叫んだ。

立ち去ろうとしていたその人は再び振り向き、ゆっくりとこちらへ向かってくる。周りにいるスタッフも、会場から出ようとしていた人たちも、皆が足を止めてこちらに注目している。

自分のしたことに自分で驚き、心臓がバクバクしている。

「航のご友人というのは本当ですか？」

目の前まで来たその人は、私を取り囲んでいる黒服の人たちを制して声を掛けてきた。

「はい……咲村冬和と申します。航さんとは少し前から……親しくさせていただいています」

一緒に暮らしている、そう言ってしまおうか少し迷った。でもそれはやはり、航への確認もなしに口にすることではない。それにもう彼は、出て行ってしまっている。

「そうですか。航にはあなたのようなご友人が」

（あなたのような……）

浮かべられた笑みはとても柔らかではあるけれど、その言葉の真意まではわからない。ただ、グレーがかったその瞳は、航とそっくりだ。

「本日の説明会にご参加ということは、私どものホテルで働いてくださるご予定ですか？」

「あ、それは、えっと……」

「航にも来てもらいたかったのですが、酷い勢いで断られてしまいましてね」

『リネン庫』のことだろう。そのことに航は深く傷ついていたと、喉元まで出かかる。けど、父親が浮かべた笑みが意外なほど寂しそうに見えたため、口にすることなく呑み込んだ。私は今、ただでさえ大それたことをしているのだから。

「すみません、私もこちらの求人に応募する予定はありません」

「そうですか。それは残念です」

言葉通り、本当に残念そうな顔で言われてしまった。その上で「ではなぜここへ？」と、当然の質問を返される。その質問に私は真摯に答えた。航の父親が経営しているホテルがどんな所か知りたいと思ったからだと。まさか父親本人に会えるなんて思ってもみず、偶然見かけた姿に、つい声を掛けてしまったと。

「不躾《ぶしつけ》な振る舞い、大変失礼しました。航さんから色々とお話を伺っていたもので、つい……」

「咲村さん、でしたね。このあと少しお時間ありますか？」

「え……あ、はい」

「よかったら少しお話ししませんか」

願ってもない誘いだった。航の心を重くしている張本人である父親と話ができる。航が抱えている問題を解く糸口が見つかるかもしれない。ここへ来た意味はあったのか、なかったのか、その答えが今、出ようとしている。

「私もできればそうしたいと思っていました」

世界的セレブを相手に、怯むことなく答える自分に驚く。同時に、航が知ったら怒るだろうなとも思う。けど、そんな航のために何かできるとしたら、今がその時だと信じたい。

「では、こちらへ」

「はい……」

促されるままについて行く。動悸はおさまらず、足元も揺らぐ。それでもなんとか一歩ずつ踏み出し、少し前を歩く、靴音まで高級そうな紳士のあとについて行く。

（いつから私はこんな大胆な女になったんだろう……）

頭の隅で、そんなことを思った時だった――

「冬和！」

（えっ……？）

耳に届いた声に振り向くと、人波をかき分けるようにしてこちらに向かって走ってくる、彼の姿がこの目に映った。

「……こんな所で何してる」

駆け寄ってきた航が、肩で息をしながら私に問う。

「航こそ、どうして……」

抱き付きたい衝動に駆られながら、震える声で問い返した。

「俺の質問に答えて。なんで冬和がここにいるの？」

困惑を滲ませた航の瞳が、懇願するように私の答えを待っている。

「知りたかったから。航が背負っている、私には想像のつかない世界のことを少しでも」

「……なんでそこまで」

そのあとに続く言葉が『知ろうとする』なのか『俺に構う』なのか、はっきりとさせないまま航は目を伏せた。そんな航が言おうとしたことが何であれ、私の答えは変わらない。『航が好きだから』だ。

「相変わらずの知りたがりでごめんなさい。でも、私も向き合わなきゃって思ったの、航が抱えている問題に。これからも、航と一緒にいるために」

「……」

航は黙ったまま、伏せていた目を父親の方へ向けた。

「俺もそのためにここへ来た」

（そのため……？）

父親へ向けた目を一瞬私に移した航は、僅かに微笑んだ。そして再び、父親へと視線を戻す。

「奥に私の控室がある。そこで三人で話そう」

「……そうだね。あなたにとって俺は表に出したくない存在だろうし」

周囲の目を気にする父親を揶揄《やゆ》するかのように、航は言った。その言葉に息を呑んだ父親が、ゆっくりと口を開く。

「そうか、そんな風に思って……。それでこの前の仕事の話も」

航の父親は、瞬時に悟ったようだった。これまで自分に向けられてきた航の態度の意味と理由を。

その上で静かに微笑むと、スタッフたちに一言声を掛け、私たちを控室へと案内した。

「こんな所で申し訳ないですね」

「いえ……」

通されたその部屋は、意外にも質素な空間だった。会場の控え室とはいえ、CEOが使う部屋にしては地味な印象がある。簡素な応接セットに航と並んで座り、向かいに父親が腰を下ろした。緊張で汗ばむ手を、密かにぎゅっと握る。

「冬和さん、改めて、お会いできてよかったです」

「……こちらこそ」

言葉はとても丁寧で、表情も柔らかい。けどその顔には、常にどこか寂し気な影を落としている。

「航もよく来てくれた。また会えて嬉しい。……本音を聞かせてくれたことも」

浮かべている寂し気な笑みが、更に少し歪んだ。

「だが誤解だよ航。私は一度たりとも思ったことはない、お前を表に出したくないだなんて」

むしろ認知したくてもできなかったことを悔やんでいると、航の父親は言った。代々高級ホテル業を営む一族から猛反対を受け、それに屈してしまった自分の愚かさを悔い続けていると。

「そんな私にできることは、お前たち母子が安心安全に生活できる資金を送ることぐらいしかなかったんだ」

「認知の代わりの金銭援助。それがただの自己満足なんだってこと、わからないかな？」

「自己満足か……確かにそうかもしれないな」

息子からの厳しい一言に浮かべた自嘲は、寂し気というよりも、苦し気に見えた。けど、父親にそんな言葉を投げつけなければならない航は、もっと苦しいに違いない。

「父親とは金銭だけの繋がり。あなたのいる世界じゃ珍しいことじゃないんだろうけど、俺には理解も納得もしきれていないという表情で、航は父親を見つめている。

「航……。私のしてきたことは、お前を苦しめるだけだったんだな」

向けられた視線を受け止めて言う父親は、詫《わ》びるように頭を下げた。

「やめてよ。別に謝ってほしいわけじゃない」

「しかしお前を傷つけてきたことには――」

「すれ違ってしまっただけだと思います……!」

再び頭を下げようとする姿に、思わず言ってしまった。

「相手に良かれと思ってしたことが違っていて、だからすれ違ってしまう。私もそういうことってあります。航さんに『おせっかいさん』って言われるくらいです。でも、それでも、ちゃんと話して、お互いの思いを話し合って、これからもそばにいられたらって……」

「冬和……」

視線を向けると、航は静かにその目を細めた。

航が抱えてきた苦しみや痛みを、本当の意味で理解できているとは思わない。だけど、それでも私は理解したいって思う。自分なりに、少しでも、航の気持ちに寄り添いたい。

れる。

「はい……そうやってこれからも、航さんのそばにいたいと思っています」

航の父親は、噛みしめるように何度か頷いた。その表情には、今までにはない柔らかさが感じら
「父さん、俺があなたに言いたいことはただひとつ。自分の足で歩きたい、それだけだから」

「自分の足で、か」

「一人の自立した男としていたい、大切と思える人のそばに」

(航……)

父親に向けられた言葉でありながら、私への言葉であることが伝わった。そしてそれこそが、航が口にした『そのためにここへ来た』ということなのだということも。

「……よくわかったよ。お前の気持ちも、冬和さんの気持ちも、私の過ちも」

和らいだ表情に、また少しだけ影が差した。最初にこの寂し気な顔を見た時、この人も私と同じなんじゃないか、そんな思いが過った。航の力になりたい。けど、そのためにはどうすればいいのかがわからない。そして結局、空回りする。そんな自分と重なるような気がして。

(だから咄嗟に出ちゃったのかも……)

『すれ違っただけ』だなんて、わかったようなことを言ってしまった。でも、航の父親は頷いてくれた、私のそんな言葉にも、航が訴えたことにも。

「冬和さん、これからも航をそばで支えてやってください」

「え、あ、はい……」

「言われなくても俺たちは二人で支え合っていく。だから……黙って見守っててほしい」

気持ちとしては『ほっといてくれ』だったのかもしれない。でも、そうは言わなかったところに航の父親への複雑な思いが垣間見《かいまみ》えた気がした。『見守って』という言葉を選んだ航の思いを大事にしていきたい。いつか、本当の和解ができることを願って。

「信じた人と一緒に、頑張りなさい」

「……父さんにできなかったこと、俺はやり遂げるから」

それは、私と一緒にいるためにここへ来たという、航の思いが詰まった言葉に聞こえた。


父親と別れ、会場をあとにした私たちは、手を繋いで帰り道を歩く。既に日は暮れ、港を赤く染めていた夕空も、群青色に変わりつつある。

「話せてよかったね、三人で」

「まさか冬和がいるとは思わなかった」

「私だって、航が来るなんて思ってもみなかったよ。でも、会えてよかった」

そして、三人で話したあの時間は、僅かではあっても特別な時間だったことは間違いない。航にとっても、航の父親にとっても、私にとっても。

「ちょっと寄り道していこう」

優しく降ってくるような声に、航を見上げた。こうしてまた彼の隣を歩くことができて、本当によかったと思いながら。

「寄り道って？」

「少しだけ遠回り」

繋いだ手を引く航は、どこか楽しそうに言う。そんな航を見ているだけで幸せな気持ちになり、私はただ頷いてついて行く。その間に、空は更に夜の装いを濃くしていき、星が瞬きだした。

「今でも夜が嫌い？」

「……どうかな」

「私はどちらかというと昼間より夜が好きかも。でも、航のいない夜はすごく長くて、好きになれなかった」

「じゃあ今は」

「うん、やっぱり夜が好きって思える。航が隣にいてくれるから」

夜空を見上げながら言うと、航が視界を遮るように横から顔を出す。

「俺も好きになれそう、冬和が隣にいてくれるなら」

お互い少し照れながら、控えめに微笑み合った。そのまま夜風に吹かれながら、ゆっくりと手を引かれていく。

「バイト、辞めたんだってね」

責めたいわけでもなく、ただの世間話のような軽さで言うと、航はほんの少し身構えた。

「知ってたんだ」

「航が出て行って一週間が過ぎた頃、店に様子を見に行ったの。元気にしているかだけでも確かめたくて。そしたら由衣さんに会って」

「由衣も来てたのか」

あの日に店先で彼女と話したことをそのまま告げた。彼女もとても心配していたので、連絡してあげてほしいということも。

「わかった。てか、すっかり仲良し？」

「それはどうだろう？　でも、本音では話してくれたと思う」

「たぶん冬和だからだな。俺もそうだし」

「え？」

「冬和だから話せた、自分のこと。なのに、あんな酷いこと言って……」

自ら明かしたにもかかわらず、どうしても不安を拭い切れなかったという。そんな時に理香子からの電話での私の発言を聞き、一気にその不安がさく裂してしまったと。

「怖かった……。冬和も他の女と同じなんじゃないか、俺を見る目が変わってしまうんじゃないか、そう思うと、信じたいのに信じ切れなくなってきて」

裏切られる前に裏切ればいい。あの時の頭の中は、そんな思いでいっぱいだったと航は言った。

「けど冬和は裏切るどころか、寄り添いたいって思ってくれてた。なのに俺は……傷つけてごめん」

「ううん……私は信じてたよ、航はきっと私を傷つけようとしてあんなこと言ったんじゃないって。でも、そう思えるまで少し時間が掛かっちゃった」

あの言葉は航の心の叫び。『素性を知ると見る目が変わる』そのことに怯えてきた航の精一杯の防御反応であり、私を攻撃するための言葉ではなかったのだと思う。

「あの時それに気づいてあげられてたらよかったんだけど。ごめんね」

「冬和が謝ることじゃない」

航は優しく微笑んで首を振った。そんな航に微笑み返そうとして、ふと気付く。

「あれ、ここって……」

お互いの想いを口にしながら歩いているうちに、見覚えのある路地に差し掛かった。微笑んだままの航に手を引かれて角を曲がると、そこは、航が座り込んでいたあの路地裏だった。

「寄り道って、ここに来たかったの？」

「……出会った場所に来てみたくなった。てか、拾われた場所だけど」

「ふふ、そうだよね。私、航を拾っちゃったんだよね、ここで」

最初は猫かと思った。それが人だとわかったあとも、その印象は変わらなくて。

（背中を丸めて震えてて、弱り切った野良猫みたいだったな）

あれから三ヶ月近くが経つ。もう三ヶ月なのか、まだ三ヶ月なのか、いずれにしても、あの日あの時に掴んだ航の手のひんやりとした感覚は、今も鮮明に覚えている。

「ここからまた始めたい、冬和と」

「うん……」

頷く私の唇に、優しいキスが落とされた。人通りのない路地裏で、そっと交わすキス。春の夜風はまだ少し冷たいけれど、それくらいがちょうどいいと思えるほど頬が火照《ほて》る。その頬に、航の手が添えられた。やはり少し冷たくて、でも柔らかで、触れられているだけで安心できる感触。

「……ウチくる？」

頬に添えられた手を取り、そっと囁いた。「一緒に帰ろう」と言う代わりに。

「……」

航は無言のまま頷いた。あの日の寒い夜と、同じように。


あの場所から再び歩き始めた私たちは、あの日と同じようにタクシーで帰宅した。部屋に上がり、まず暖房をつける。

「やっぱりまだ夜は寒いね。お腹もすいたよね、何か食べてくれればよかったね」

戻って来た日常に喜びを感じながら、矢継ぎ早に話しかけた。でも、何も反応がない。また返事なし？　と思って振り返ると、航はまだ玄関に立ったままだ。

「航？　どうしたの？」

「……戻って来れたんだなって思って」

切なそうにも、照れているようにも見える顔で言うと、航はゆっくりとした動きで靴を脱いで部屋に上がる。短い廊下を数歩戻り、航を見上げた。

「おかえり、航」

「ただいま」

見上げる私のおでこに、航はそっとキスを落とした。そこにある『私』という存在を確かめるかのように。

「航に会いたくて、二人で行った所を全部回ったの。中華街、港の見える丘公園、マリンタワー、初めて一緒に買い物に行った店とかも。でもどこにも航はいなくて」

もう会えないのかもと思いかけたけど、諦めたくはなかった。

「航に会いたい、航とまた一緒に暮らしたい、これからもずっと……そう思った時に、あの説明会のことを知って」

何かせずにはいられなくて行くことを決めた。まさかそこで航に会えるとは思いもせずに。

「そこに現れた一匹の迷い猫」

「ふふ、本当びっくりした。あんなに探しても見つからなかったのに。逃げた猫を探すのって大変なんだから」

「拾うのは簡単でも？」

「簡単だなんて、物凄い勇気を出しての決断だったんだからね！」

「わかってる。拾ってくれてありがと」

「……帰ってきてくれてありがとう」

　広い胸に顔を埋めるようにして抱き付いた。猫のような柔らかな毛並みはなくても、ほんのりと温かくてなんとなく甘い匂いがするその身体は、私にとっては愛しい猫そのものだ。そんなことを思う私の髪を、航はそっと撫でてくれる。

「腹減ったね。何か作るよ」

「……うん。航の料理、食べたい」

　戻って来てくれた大切な宝物を、私はぎゅっと抱きしめた。


「冬和、卵二つ溶いて」

　二人でキッチンに立ち、ありあわせのもので中華丼を作り始めた。

「中華丼に溶き卵？」

「親子丼みたいに最後に卵でとじる」

ラーメン屋のまかないでよく作ったというが、卵とじの中華丼なんて、正直ピンとこない。

「大将には好評だった」

「そうなの？　なら楽しみ」

「俺の腕より大将の舌を信じるんだ」

わざと不貞腐《ふてくさ》れたような顔をする航が可愛い。狭いキッチンでじゃれ合うようにして料理を作る楽しさは、二人でいることの幸せを象徴しているかのようだ。

「卵を溶いたら水溶き片栗粉《かたくりこ》も。片栗粉と水は大さじ一杯ずつ」

「ウィ、シェフ！」

「……ふっ。中華丼でシェフって」

「ふふ、そだね」

「けど、新しい仕事はそっち系」

「え？　次の仕事決まってるの？」

実はラーメン屋を辞めたのは、大将の紹介で近くの洋食屋に移るためだという。

「洋食の経験者を欲しがってるから、俺ならちょうどいいだろうって」

「そうだったんだ！」

「少ないけどって、退職金代わりの心付けまでくれた」

あの気の良さそうな大将らしく、本当は手放したくないと言いつつ送り出してくれたらしい。

「だから約束通り、出世払いも」

一瞬ドキリとした。『約束通り、出て行く』そう言われるのかと思って。けど航は、リビングの隅に畳まれている布団や服を見て微笑むだけだった。

「スマホも自分で契約するよ」

「うん、わかった」

父親に『自分の足で歩きたい』と宣言した航を、私も応援していきたい。改めてそう思いながら、二つの卵を溶いた。


「冬和に見てほしいものがある。てか、ちょっと相談」

食事を終えてソファーに移って寛いでいると、航がおもむろにスマホを取り出した。

「相談？」

「これなんだけど」

差し出されたスマホを見ると、いつか一緒に見たような部屋の間取り図が表示されている。

「どう思う？」

画面をスワイプしてキッチン部分を拡大する。

「広そうだね。料理しやすそうだし、二人並んでも余裕ありそう」

「見に行かない？」

「……私に見てほしいものって」

これ？　というように改めて画面に視線を落とすと、航はふっと頬を和らげて頷いた。

「探し始めてたんだ、一緒に住める部屋」

瞬間的に鼓動が速まる。頷いた航の真摯な瞳に、聞かされた言葉の重みに、ドキドキと胸が高鳴っていく。前に二人で検索し合った時は、航の引っ越し先として探していた。けど航は今『一緒に』と言った。

画像を見せられた瞬間、やっぱり出て行くつもりなのかと一瞬胸が痛みかけた。父親の前で、それとなく『そばにいたい』と伝えてくれていたけど、自立を望む航なら、なんとなく始めてしまった同棲は一度リセットしたいと思うかもしれないから。

けど、違った。

（航は、私と一緒にいることを、二人で暮らすことを選んでくれたんだ……）

私との未来図をこうしてちゃんと描いてくれていたのだと思うと、高鳴る鼓動と共に胸が熱くなる。

「部屋数も、ここよりひとつ多い」

「航の部屋もできるね！」

「いや、そこは二人の寝室。なんならベッドも新しくして」

色っぽく笑ってみせた航は、もう一度「どう思う？」と聞いてきた。

この部屋に住んで五年とちょっと。立地も住み心地もよくて気に入っている。けど、航と二人で新しい部屋で暮らすことには、何の不安も不満もない。むしろ、嬉しいに尽きる。

「うん、いいと思う。見に行きたい、一緒に」

ホッとしたように微笑み、スマホを手にしたまま私を抱き寄せた航が、耳元で囁く。

「じゃあ明日早速。このスマホの解約も一緒に」

最後にいい仕事をしてくれたと、画面を閉じたスマホをソファーの脇に置く航。空いた手を私の頬に当て、真っすぐに見つめてくる。

「冬和」

「ん？」

「好きだよ」

「……っ」

ずっと欲しかった言葉が、甘さを伴って胸に刺さった。

「やっと言えた」

伝える自信が持てたと、航は静かに微笑む。

「ずっと待ってた……」

「待たせてごめん」

泣きそうになりながら微笑み返す私に、そっと口づけをくれる航。唇にほのかな熱を感じながら目を閉じると、そのままゆっくりと倒されていく。

（航……）

唇が触れ合うだけでは飽き足らず、自ら航の舌を誘い込んだ。

「んっ……」

深まるキスに吐息を漏らし、航の首に腕を回す。絡まる二人の舌が控えめな水音を響かせ、キスは更に深くなっていく。

「そのまま掴まってて」

次の瞬間、航は器用に身体の向きを変えてソファーから降りると、一気に私を抱き上げた。言われた通り腕に回した手をそのままに、寝室へと運ばれる。

「こっちの方がちゃんと愛せる」

ベッドに横たえた私を見下ろした航は、改めて深いキスをくれる。その首に私も改めて腕を回すと、柔らかでいて芯のある熱い航の舌が、私のそれを絡めとった。

「んん……」

さっきより少し大きい水音が、吐息と共に漏れていく。息苦しい。けど愛おしさが止まらない。

「……あ」

唇から離れたキスが首筋に落とされ、航の手がセーターの中に侵入してきた。触れられているだけで安心できる航の手が、優しくも妖しく身体の上を這いまわる。その動きに身を委ねていると、ブラの上から乳房を包まれた。そのままゆっくりと揉まれ、そして囁かれる。

「外すよ」

その声に自然と背中が少し浮き、するりと差し込まれた手でホックが外された。

「柔らかい」

「んん……」

直に触れられた繊細な刺激が、胸から全身に行き渡る。首に回していた腕を解かれ、そのままセーターを脱がされる。ホックが外されたブラも一緒に取られ、瞬く間に上半身が露《あら》わになる。

「綺麗、いつ見ても」

「……そんなに見られたら恥ずかしい」

「俺も見せればいい？」

返事も待たずに航は服を脱ぎ捨て、「これでおあいこ」と微笑んだ。

「航も綺麗……いつ見ても」

微笑み返すと同時に、胸の先端をツンとつつかれた。

「やっ、不意打ちズルい……あっ」

今度はつつかれた先端をきゅっと摘まれた。右は指先で、左は唇で。

「んんっ、ああっんっ」

二本の指で擦られ、舌先で転がされ、どちらからも容赦のない刺激が襲ってくる。

「相変わらず敏感な反応」

「だって、ん、あぁ……」

「こっちも？」

胸から離れた手が、スカートをたくし上げて内ももに触れた。

「ダ、ダメ……」

思わず身をよじるも、航の手は怯むことなく私の足を撫でまわす。

足の付け根まで届いた航の指先が、妖しく股関節をなぞる。熱くなっていく秘部に触れそうで触れないもどかしさに、更に身をよじってしまう。

「んっ……あ、やっ！」

下半身に気を取られていると、再び胸のてっぺんを食まれた。

「あぁぁ……ふぅっ」

スカートの中の手の動きと、胸を這う舌の動き。二つの別の生き物に身体を弄ばれているかのようで、気が遠くなりそうなくらい鼓動が高鳴る。

「航……」

身体中が熱くなり、スカートの奥に潜む泉がじわっと湿ってくるのがわかる。あと少しでそこに届きそうな航の指は、まだ足の付け根を彷徨っている。

（……焦らさないで）

届きそうで届かない一番熱くなっている部分に、早く触れてほしくてたまらなくなる。

「我慢できなくなってきた？」

「んんっ……」

「俺の方が我慢できなくなりそう」

「ああっん」

漸く航の指が届いた。蜜が湧き出している、最も敏感になっている部分に。

「あぁぁっ」

「……すごい濡《ぬ》れてる。下着の上からなのにわかる」

自分でもわかる。恥ずかしいほどに。

「やっぱりここが一番感じる？」

「んっ、い、意地悪なこと聞かないで……」

小さな粒をショーツの上からゆっくりこすり上げられ、そのスピードが徐々に上がってくる。

「あっあっあぁっぁぁ……っ」

指の動きに合わせるように腰が勝手に動いてしまい、その隙にスカートもショーツも脱がされた。一糸まとわぬ姿となり、航の指が直に花芽に触れる。

「いあぁっ」

「ぬるぬる……」

「んっぁ、あっあぁ」

（もう……ダメ……イッちゃう……）

「我慢しないでイッていいよ、指一本で」

「ああっ、やっ、んんっ」

するりと滑り込んできた航の指が、蜜で溢れる壷の中を泳ぐ。無邪気に跳ねる魚のように、予想のつかない動きで泳ぎ回り、私を内側から翻弄してくる。

「あぁっ航、ダメ、もう……あぁぁ……っ！」

押し寄せる快感にただ身を任せた私は、大きく背中を弓なりに反らした。

（またイッちゃった……指一本で……）

「恥ずかしいことじゃないよ」

心を読まれたかのように言われ、余計に恥ずかしくなる。

「感じやすい冬和、可愛い」

汗ばむ額に張り付く髪をそっと直しながら言ってくれる航は、満足そうに微笑んでいる。

「でも……なんか私ばっかり」

「冬和だけじゃない」

囁く航と、視線がぶつかった。

「俺もすごく感じる。冬和の気持ちよさそうな顔を見るだけで」

「航……」

微笑んだ航は、そっと私の手を取ると、その手を自分の胸に当てた。

「伝わる？　俺の鼓動」

「……うん」

手のひらに感じる航の鼓動は、とても力強くて速い。

（すごいドキドキしてる……航の心臓も……）

「俺にも触れてみて、もっと」

航の胸に当てた手で、そのままそっと航の身体を撫でてみる。程よい厚みの胸板、その下にある六つに割れた美しい腹筋。その感触や体温を確かめるように、ゆっくりと優しく、なぞるように触れていく。

「ん……」

航はみるみる切なそうな表情になり、その目を細めた。そして自らズボンも下着も脱ぎ去ると、腹筋に触れていた私の手を下腹部の方へと誘導する。

「触って……？」

熱っぽい瞳で言われ、そっと航の幹に触れる。それはとても熱く、鋼鉄のように硬い。片手いっぱいになるほど大きくなった航の幹を、根元から先端へ向けてゆっくりと撫で上げていく。

「……っ」

天を仰ぐように顎を上げ、大きく呼吸する度に美しい胸筋が上下する。

（航も、ただ撫でるだけでこんな風に感じてくれるんだ）

その様子を見ているうちに、また身体の芯が熱くなってきた。

「私もすごく感じる。航の気持ちよさそうな顔を見るだけで」

さっき言われたことをそのまま返すと、航は唇の端を少し上げて微笑む。

「……また濡れてきた？」

「え……あっ」

と口にした時には、航は私の上に覆いかぶさっていた。

「もっと冬和を感じたい」

再び真上から私を見下ろしながら、手早く避妊具を装着させる。

「冬和も、もっと感じてほしい」

「んっ」

鎖骨にキスを落とされ、ビクンと身体が震えた。生温かくて柔らかい航の舌が、鎖骨から胸元へと這っていく。

「ん……ああっ」

胸の膨らみに柔らかなキスを落とし、先端を軽くついばみ、もう片方の先端も指先で優しく摘まれる。更にはもう一本の手で花芽にまで触れられる。

「あぁんっ、いっ、そんなに、ダメ、……っ」

口に含まれた右胸の粒、指先で刺激される左胸の粒、そして執拗《しつよう》に撫でられる蜜に潤う粒。三点同時攻めの愛撫に、私は身もだえしながら快感を貪る。

「もう十分かな」

愛撫が終わり、優しく足を広げられた。その間に航が深く身を沈めてくる。

汗ばんだ肌が重なり合い、身体の芯に更に熱が籠もる。

「あっ……」

あの鋼鉄のごとく硬くなった航の熱の塊が、蜜で溢れる場所に押し当てられた。

「冬和……っ」

「んっ……あ、はあぁっ……」

吐息交じりの囁きと共に、航そのものがゆっくりと私の中へ入ってくる。熱くなりきった私の内壁を優しく撫でるようにして、奥へ奥へと進んでいく。

「くふっ、あぁぁ……航……んんっ」

甘い悲鳴ごと唇を塞がれ、息が苦しい。なのに、身も心も蕩けそうなほどの幸福感に包まれる。

(航……あなたが好き……もう離れない)

愛しい人と繋がりながら、甘く激しいキスを交わす。航と、この人と、ずっと一緒にいたいと願いながら。

だんだんと速くなる腰の動きに揺さぶられながら、また意識が朦朧としてくる。

「こ、う……はぁ、はぁ……」

「俺もう、イキそう……」

「わた、し、も……もう……」

「は、はぁっ……冬和……っ！」

「あっ、んっいあぁぁ……航……っ！」

一際強く突かれた瞬間、私は全身で航を感じながら昇りつめた。

放心状態の中、ただその感情しか湧いてこない。

（ああ……航……大好き……）

汗ばむ肌もそのままに、紅潮した航の頬に触れる。

「ずっとそばにいて、航……」

「うん……俺も冬和のそばにいたい、ずっと」

汗を光らせて頷く航が愛しくて、私はギュッとその美しい身体を抱きしめた。

「冬和……好きだっ」

エピローグ

——一週間後の土曜日。

「やっぱりいいね、この部屋」

「うん、決めてよかった」

あの翌日に約束通り内覧をした私たちは、この部屋に一目惚《ひとめぼ》れをした。その場でここに住もうと即決し、今日その本契約を済ませてきたのだ。

「キッチン広いよね～」

「オーブンを置くスペースもあるから、ケーキやお菓子も作れる」

「わあ、楽しみ！」

ついはしゃいだ声を出してしまうと、航が大人びた笑みを浮かべた。

「俺も楽しみ。この部屋で冬和を抱くのが」

「そっち!?」

「ここは俺と冬和だけの部屋だから」

実は元カレと過ごした部屋に住むのは気が進まなかったという。

（ここへ来てそんな告白されるとは……）

引っ越しは元より、ベッドを新しくしようと言っていたのもそういうことだったのかと、驚きと共に愛しさが込み上げる。

「そんな風に思ってたんだね」

「俺だって嫉妬くらいする」

視線を逸らした航の耳が赤くなっている。その耳に向かって背伸びをし、そっと囁く。

「……今からする？」

「っ！」

目を見開いた航の耳が更に赤くなり、同時に私も全身が熱くなるくらい恥ずかしくなる。

（凄いこと言っちゃったかも……！）

けど、そんな自分が嫌じゃない。私がこんな風に自由で大胆になれるのは、相手が航だからだ。私を愛し、私を信じてくれた航だから。

信じた人に裏切られることに怯えていたのは私も同じだった。だからなかなか前に進めなかった。そしてその呪縛から解き放ってくれたのが、航なのだ。

人を好きになり、信じて、愛されて……こんなに素敵なことはない。そんな気持ちを思い出させてくれた航と、一緒に歩んでいきたい。

「冬和、自分が何を言ったかわかってるね？」

照れていたはずの航が、グレーの瞳をきらりと輝かせた。

「覚悟があるなら喜んで」

「え……あ、んっ！」

抱き寄せられると同時に唇を塞がれた。いきなりの情熱的なキスに、戸惑いと喜びを交錯させながら広い背中に手を回す。その手でしっかりと愛しい人を抱きしめ、熱く甘いキスを交わす。

まだ荷物ひとつないがらんどうの部屋。だけどそこは、どんな場所よりも温かくて幸せな空間。

そんな航と私だけの部屋に、柔らかな春の日差しが差し込んでいた。

番外編

居心地のいい場所

[Extra edition]

Igokochi no Ii Basho

「冬和《とわ》」

「ん～……」

柔らかな声と肩に触れる少し冷たい感触に、うっすらと目を開けた。

「そろそろ起きないと」

寝ぼけまなこに映る微笑《ほほえ》みが愛《いと》しくて、自分でもわかるくらいデレッと頬《ほお》が崩れる。こんな感覚を味わうのは何年ぶり、というか、初めてかもしれない。

「おはよ」

「おはよう……」

新居で目覚める五回目の朝。引っ越しが土曜日だったので、そう、今日は木曜日。私が最も苦手とする日だ。

「遅刻しても知らないよ」

「……冷たい」

といっても、航《こう》の手のことじゃない。最近の航は、なんだか少しお兄さんっぽくなっている。というより、私が甘えてしまっているだけだけど。

「しょうがないな」

言うなり私を抱き上げ、そのまま窓辺へ連れていく。既にカーテンが開けられた窓から差す光が、二人を丸ごと包み込む。

「眩《まぶ》しいよ……」

「嫌でも目が覚めるでしょ」

そんな強行手段で私を起こそうとする航だけど、その顔はやっぱり優しく微笑んでいる。そして、その微笑みを湛《たた》えたまま、そっとおでこにキスを落とした。

「冬和は本当に木曜日になるとダメ人間になる」

「だって……」

水曜日までは結構頑張れる。けど、木曜日になるとそのパワーが一気に下降してしまう。金曜日になれば、あと一日！　と思って再び頑張れるのだけど。

「朝ごはんできてるから、顔洗っておいで」

「はい……」

素直に頷《うなず》く姿をもし理香子《りかこ》に見られたら、キャラが違うと突っ込まれるだろう。世話好きと言われる私が、こんな風に世話を焼かれているなんて、自分でも不思議なくらいだ。

窓辺で私を下ろした航は、ふわりと触れるようなキスを髪に落とし、キッチンへと向かった。

（冷たいなんて嘘《うそ》）

むしろ温かさと甘さが増している。

そんな航への愛しさも、増していくばかりの日々となっている。

「準備できた？」

「うん、今行く」

朝食を終え、着替えもメイクも済ませて、出勤準備完了。航が待つ玄関へと向かう。

「弁当も持った？」

「もちろん。これだけは忘れない」

航のお手製弁当は今も継続中。できる時だけでいいと言っても、ほぼ毎日作ってくれている。

「じゃ、行こっか」

二人で家を出て、二人で駅へ向かう。ラーメン屋の大将に紹介された航の新しい職場は、十一時開店。バイトは九時始業。私と同じ電車で行けば間に合う距離のため、朝は一緒に出掛けることができる。もしかしたら航は、そこまで計算した上であの部屋を選んだのかもしれない。

（なんて、都合よく考えすぎかな）

一人こっそり自嘲すると、航が「ん？」という顔で私を見下ろした。「何でもない」と答える私に、「あ、そ」と小さく呟《つぶや》くその表情は柔らかい。まだ通い慣れない道だけど、そんな航が隣にいてくれるだけで通勤も楽しくなる。たとえ苦手な木曜日でも。

以前は航の休日が木曜日だった。けど今の洋食屋は月曜日が定休日。週末を一緒に過ごせないのは寂しいけれど、定休日の他に月三回、好きな日に休みがもらえる。

「次の土曜は休み取ったから」

「来月は私が月曜日に有休取るよ」

朝晩は一緒にいられるとはいえ、最低月一回は一緒に休める日を作ろうというのが、新しい生活におけるルールのひとつだ。ちなみに、『指一本触れたら出て行く』というルールは、もちろん撤廃されている。

（逆に触れなかったらルール違反にするのもあり？）

「また一人で笑ってる」

「え、あ……何でもないよ」

幸せすぎて、とは言えずにさっきと同じように誤魔化《ごまか》すと、「別にいいけど」と航も笑った。

「土曜はどっか行く？」

「うーん、部屋の片付けもしなきゃだけど……デートしたいな」

「じゃあ行きたい所決めといて」

これまでデートらしいデートといえば、航からのリクエストだった横浜案内くらいなので、今度は私の希望を優先したいと言う。

「わかった。考えとくね」

そんな話をしているうちに駅に着いた。

これまでより十分ほど通勤時間は長くなった。けどその分、この朝の徒歩五分の幸せがご褒美となっているため、何の不満にもならない。

「ありがとうね」

「何が？」

「素敵な部屋を探してくれて」

「今更」

何を言い出すんだという顔で私の手を取ると、一緒に駅の階段を上っていった。


「へぇー、ここが航の暮らしていた町なんだ」

約束の土曜日、私は、航が以前勤めていた店を見たいとリクエストした。

「もう閉店してるのに、行っても無駄だと思うけど」

「いいの。どんな所か知りたいなって思っただけだから」

「相変わらず」

「ん？」

「知りたがり」

思わず「ごめん」って言いそうになった。けど、私を見るグレーの瞳は思いのほか優しく、微笑みだけを返す。『好きだから知りたい』という気持ちは、ちゃんと伝わっている。そう思えることが嬉《うれ》しい。

「この先の路地を抜けたとこ」

言われるまま手を引かれていく。下町と言われるそのエリアは、都心部にあるにもかかわらず長閑《のどか》で落ち着いた空気を纏《まと》っている。古い家屋とビルが混在する街並みは、私たちが新しい生活を始めた町にどこか似ている気がする。

路地を抜け、数歩進んで航が足を止めた。

「ここだよ」

そこにあるのは、緑の蔦《つた》に覆われた少し年季の入った三階建てのビル。一階には赤い木枠の扉があり、その上に『洋食の店　タニオカ』という看板が掛けられている。航はその文字が薄れかけた看板を懐かし気に見上げた。

「まだこのままなんだ」

呟く声はどこか軽やかで、そんな彼の横顔を見ているだけで私の心も弾む。

「オーナーいるかな」

「もしかして、上がご自宅？」

頷く航に、やっぱりと納得がいく。ビルを覆う蔦も、扉の両脇に置かれた緑や花も生き生きとしている。これは今も丁寧に手入れがされている証拠だ。

「二階の部屋に居候してた」

「じゃあ追い出された寮って……」

一緒に上を見上げた時だった——

「航くん？　航くんじゃないの！」

ビルの脇の細い隙間から、目をまん丸くした老婦人が現れた。その手にはじょうろが握られている。

「お久しぶりです」

「あらやだ、どうしましょ！　ちょっと、お父さん!!」

あたふたとしつつも満面の笑みのその人は、赤い木枠の扉を開けて叫ぶと、そのまま中へ私たちを招き入れてくれた。

「元気そうだな」

「ちょうど今朝話してたのよ、航くんたちどうしてるかなって」

元オーナーとその奥さんである老夫婦は、皺《しわ》が刻まれた顔を更にしわくちゃにして私たちの向かいに座った。

閉店して半年が過ぎているにもかかわらず、店内は今も営業しているかのように綺麗《きれい》に整えられている。五つあるテーブル席には、赤と白のブロックチェックのクロスが掛けられ、それぞれに小さな花が一輪、ガラスのコップに生けられている。店の外に咲いていた花たちだ。フロアから見える厨房《ちゅうぼう》も、ピカピカに磨かれているのがわかる。

（あそこで航はオムレツを作ったりしてたんだ）

「全然変わってない」

「少しずつ片付けてるんだけど、習慣ってなかなか抜けないのよね」

店内を見渡しながら言う航に、テーブルの上の花を見ながら答える奥さん。微笑んでいるけれど、少し寂しさを滲《にじ》ませているように見える。

「素敵なお店ですね」

「ありがとう。お料理を出せないのが残念だわ」

「もう少し頑張ればよかったかな」

航の彼女さんに食べてもらいたかったと、老紳士はクシャッと笑った。『彼女さん』という響きが、心地よくもくすぐったい。航が『彼女』と紹介してくれたことも含めて。

「けど、ここが閉店してなかったら彼女には出会えなかったから」

「ああ、そうか」

「そうよね！」

やっぱり閉店してよかったと、今度は二人揃《そろ》って表情を崩す。その様子に、このお店が素敵なのは、この二人だからこそなんだと思う。

「航は、いつかこんなお店を持ちたいんだよね」

「え？　そうなの？」

「店持つことを考えてるのか！」

何気なく口にした私の言葉に、二人はパッと顔を輝かせた。

「いやまあ、あくまで夢で」

「その時が来たら連絡して。相談に乗るわ」

「実績証明書ならいつでも書くぞ。ただし、早くしないと二人とも天国に行っちまうからな」

「やべ、急がなきゃ」

笑顔のブラックジョークに、航も笑顔で応えた。

「航くん、よく笑うようになった」

不意に奥さんが言った。

「隣に寄り添う人がいれば、自然とそうなるもんだ」

元オーナーは隣に寄り添う人を見て微笑み、その人も「そうね」と微笑み返した。

（本当に素敵なご夫婦だな）

こんな風になりたい。なれたらいいな――

私も隣に寄り添う人を見つめながら、密《ひそ》かにそんな夢を抱いた。


「あんな店を持ちたいって思う航の気持ち、わかった気がする」

帰り道、夕暮れの下町を歩きながら言った。

「あそこも居心地よかった、冬和の部屋と同じくらい」

どちらもひょんなことから転がり込んだ場所だったのにと、航は苦笑いを浮かべる。

「あのお店にはストーカーから逃れるため、私の部屋には世話好きの年上女に拾われて、だもんね」

「俺って実は強運？」

「そんな航に出会えた私も強運かも」

繋《つな》いだ手にきゅっと力を込めて言うと、航は不意に真剣な眼差《まなざ》しを向けた。

「調理師免許、取ろうと思う」

夢の話を聞いた時も嬉しかった。けど、今の言葉はそれ以上に私の心を大きく震わせた。

「今すぐってわけじゃないけど、いずれ挑戦したい」

受験資格として、二年以上の調理業務従事実績が必要だという。さっき元オーナーが『いつでも書くぞ』と言っていた実績証明書とは、それを踏まえてのことだったらしい。

「あの店で一年半、ラーメン屋で二ヶ月、あと四ヶ月分、今の洋食屋で実績積めば受けられる」

「いいと思う、凄《すご》く！」

応援モードで力強く言うと、「冬和も頑張ってるから」と返された。

「通関士だっけ、目指してるんでしょ？」

国家資格である通関士は、輸出入手続きにおける専門家として通関書類の審査等を行う。貿易業界に勤めて七年、その資格を今年こそは取りたいと思っていた。

「知ってたの？」

「よく問題集に突っ伏して寝てたし」

航がラーメン屋で遅番だった時、待っている間は私の勉強タイムだった。

「確かによく寝落ちしてたね……」

「試験はいつ？」

「十月」

あと半年足らずだ。

「応援してる」

「航にそう言われたら、頑張らなきゃね！」

「俺は来年の受験目指す」

「うん、二人で一緒に頑張ろう！」

繋いだままの手を大きく振り上げ、笑顔を向け合った。

「難しい挑戦だとは思う。けど、ぶつかる覚悟で前向くことも大事」

それを私から教わったと航は言う。

「冬和に会うまでは、後ろばっか見てた気がする」

自分の出自、父親との関係、周囲への不信感。それらに囚《とら》われ続け、自ら呪縛と化してしまったと、航は自嘲の笑みを浮かべた。

「でも冬和がいたから前を向けた」

ぶつかることを恐れず向き合い、自分なりのけじめをつけ、人を信じることができるようになった。それは私と出会ったからこそだと、航は静かな声で、それでいて熱く、言葉にしてくれた。

「私も同じだよ。航がいたから新しい一歩を踏み出せた」

一人の生活に慣れ、それでいいと思い込んでいた私の心を解してくれたのは航だ。そのお陰で、長年暮らした部屋から離れ、誰かと過ごす喜びに満ちた新生活を始めることができたのだ。

そしてその場所から、一緒に前に向かって歩み出そうと約束する。

「誰かと未来の話をできるって幸せだよね」

「居心地のいい場所に出会えたことも」

「うん……新しいあの部屋も、そういう場所になるよ、絶対！」

「てかもうなってる」

思わず力説する私に対し、航は淡々と、それでいて柔らかに呟いた。

「だから早く帰ろ、あの部屋に」

夕日を背に微笑む航は、やっぱりとても美しい。でももちろん、神でも天使でもない。悩みを抱えながらも夢を持ち、そこに向かって進もうとしている、どこにでもいる青年だ。

「今日の夕飯何にしようか？」

駅へ向かいながら聞くと、「オムライスは？」と提案された。

「久しぶりに作りたくなった、『洋食の店タニオカ』の看板メニュー」

「うわ、食べたい！」

涎《よだれ》が零《こぼ》れそうな勢いで返すと、航は珍しく白い歯を覗《のぞ》かせて笑った。


都内から横浜へ戻り、航お手製のオムライスを食べ、お風呂も済ませてベッドに転がった。

航のリクエストにより新調したセミダブルのベッドは、二人並んで寝ても余裕がある。

「今日はありがとう、航の大切な場所に連れていってくれて」

「こっちこそありがとと。冬和のお陰でオーナーたちと会えた」

「オムライスも美味《おい》しかった。デミグラスソースじゃないとこが下町の洋食屋さんっぽくていいよね」

「本来はケチャップも手作りなんだけど」

時間がある時に作っておくと言いながら、航は私を抱き寄せる。

「やっぱりもうなってる」

「ん？」

「ここも居心地のいい場所に」

「そうだね」

おでこにキスを落とし、航が微笑む。ほころぶその頬に、私もお返しのキスをする。

「おでこ、ほっぺときたら次は」

「ちょっと待って」

航のキスが唇に触れる寸前、人差し指を立てて制した。

「るるが見てる」

航の唇から指を離すと、そのままベッドボードへ手を伸ばした。そこに飾られた写真立てを、そっと倒す。

「なんか恥ずかしいんだよね、るるに見られてると」

「今更?」

「新しいベッドのせいかな」

「寝心地よくてつい乱れすぎる?」

「そんなこと言ってない!」

「乱れすぎ歓迎だけど」

顔を熱くする私に、航は余裕の笑みを見せる。大人びたその表情と言い方に、顔だけではなく身体までもが熱くなってくる。

「るるだって嬉しいかも、飼い主が気持ちよさそうにしてたら」

「……やきもち妬《や》くよ」

「大丈夫。冬和に拾われた者同士、平和協定結ぶから」

「何それ」

余裕の笑みをふわっと崩すようにして笑った航は、猫のようなしなやかさで身を翻すと、私を真上から見つめた。

「居心地のいい部屋の寝心地のいいベッドで、抱き心地のいい冬和を抱く——最高だよ」

「あっ、んん……」

降りてきた少し強引なキスを受け止めた私は、観念するようにその背中に腕を回す。航が探して二人で決めた新しい部屋で、熱く甘く抱かれる喜びと幸せを、胸いっぱいに感じながら——。

あとがき

初めまして、綾木《あやき》シュンと申します。

たくさんの魅力的な書籍が並ぶ中、『美猫系男子拾いました』をお手に取ってくださり、誠にありがとうございます。

長らく『恋愛ゲーム』のシナリオ執筆をしているのですが、この度ご縁をいただき、このような小説としての恋物語を書かせていただくことになりました。小説の執筆自体が久しぶりだったこともあり、シナリオでは描けたことが上手《うま》く表現できずに苦悩したり、逆にシナリオでは描き切れない些細《ささい》な機微を描けることに喜びを感じたり、新しい発見がたくさんある執筆期間でした。

恋は甘く楽しいことばかりではなく、切なく苦しいことも多いかもしれません。それでもやっぱり、恋するっていいなって思えるような、そんな物語にしたいと思って書きました。恋を暫《しばら》くお休みしている方はもちろん、絶賛恋愛中の方にも、誰かを好きになる喜びや幸せを感じていただけたら嬉《うれ》しいです。

読者の皆様、そしてこの作品に関わって下さった全ての皆様に、心より感謝申し上げます。

美猫とは言い難いぽっちゃり猫を相棒に、今日もパソコンのキーボードを叩《たた》いております。またいつかどこかで、皆様にお会いできることを祈って……。

綾木シュン

Ruhuna

お買い上げいただきありがとうございます。
作品へのご意見・ご感想は右下のQRコードよりお送りくださいませ。
ファンレターにつきましては以下までお願いいたします。

〒162-0822
東京都新宿区下宮比町2-26 KDX飯田橋ビル 5階
株式会社MUGENUP ルフナ編集部 気付
「綾木シュン先生」/「yuiNa先生」

美猫系男子拾いました
29歳おひとりさま、もう一度恋をはじめます

2023年12月22日　第1刷発行

著者:綾木シュン

イラスト:yuiNa

発行人　伊藤勝悟
発行所　株式会社MUGENUP
〒162-0822 東京都新宿区下宮比町2-26 KDX飯田橋ビル 5階
TEL:03-6265-0808(代表)　FAX:050-3488-9054
発売所　株式会社星雲社(共同出版社・流通責任出版社)
〒112-0005 東京都文京区水道1-3-30
TEL:03-3868-3275　FAX:03-3868-6588
印刷所　株式会社暁印刷

カバーデザイン:川添和香(TwoThree)
本文・フォーマットデザイン:株式会社RUHIA

Printed in Japan
ISBN 978-4-434-33056-8 C0093